AF555880

Vibrato

Rue des Écoles

Collection dirigée par Jérôme Martin

La collection « Rue des Écoles » est dédiée à l'édition de travaux personnels, venus de tous horizons : historique, philosophique, politique, etc. Elle accueille également des œuvres de fiction (romans) et des textes autobiographiques.

Déjà parus

De Reynal (Emmanuel), *Le passeur de rimes*, roman, 2023.

Vigier (Philippe), *Barcelone fugue, Ode à Dali*, 2023.

Orme (Aurélie), *Troton*, 2023.

Doussot (Frédéric), *La guerre est une affaire de femmes*, roman, 2023.

Barthomier (Lou), *Ce que nous aurons connu d'inconnu*, roman, 2023.

Da (Renaud) et Perrais (Théophile), *À distance*, 2023.

Compain (Frédéric), *On ne devrait jamais mourir un dimanche*, roman, 2023.

Biard (Michèle), *Thérèse*, roman, 2023.

Hákkas (Mários), *Dans ma communauté. Recueil de nouvelles traduite du grec moderne par Jacques Bouyer*, 2023.

Guinhut (Thierry), *La République des rêves*, 2023.

Dufresne (Aglaé), *L'amie de mon mec*, roman, 2023.

Cohen (Jacob), *Nouvelles judéo-maghrébines*, 2023.

Ces douze derniers titres de la collection sont classés par ordre chronologique en commençant par le plus récent.
La liste complète des parutions, avec une courte présentation du contenu des ouvrages, peut être consultée sur le site www.editions-harmattan.fr

Julie Bonnafont

Vibrato

Récit

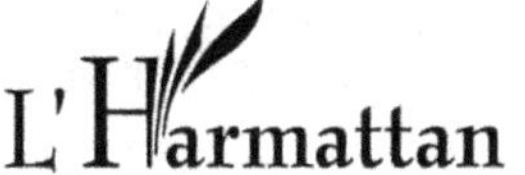

DE LA MÊME AUTRICE :

Épanadiplose, Vox Scriba 2019, illustrations de Federica Terracina

5-7, rue de l'École polytechnique, 75005 Paris

www.harmattan.fr

ISBN : 978-2-14-035113-6
EAN : 9782140351136

Tous les violons sont pareils.
– Que tu crois. Chaque violon est une histoire. À chaque violon, tu dois ajouter, outre le luthier qui l'a créé, tous les violonistes qui en ont joué.

Jaume Cabré

À Narcisse Poisson,
À Alma : âme précieuse qui porte si bien son prénom.

Prologue

Quand je suis parmi vous, arbres de ces grands bois,
Dans tout ce qui m'entoure et me cache à la fois,
Dans votre solitude où je rentre en moi-même,
Je sens quelqu'un de grand qui m'écoute et qui m'aime !

Victor Hugo

2007, passo Rolle, Trentin (Italie)

La terre caillouteuse crissait sous ses pas. Décembre approchant, la fraîcheur des petits matins devenait mordante et le parfum de l'air annonçait l'arrivée toute proche des premières neiges. L'homme distinguait à peine le sentier ; la lune pleine et ronde de la semaine passée avait cédé la place à un quartier aux faibles lueurs, qui rendaient sa progression malaisée. Il avançait d'un bon pas : dans ses montagnes natales il savait s'orienter même dans le noir complet. Il aurait été bien en peine d'expliquer pourquoi il cheminait de nouveau vers les lacs : à la scierie s'amoncelait déjà un stock suffisant pour la prochaine visite des luthiers. Il aurait pu rester au chaud contre son adorée une heure de plus, deux heures même ! Collés l'un à l'autre dans l'aurore naissante ils se seraient gavés de la vivifiante tendresse des aubes glaciales. Mais ces deux dernières nuits, l'appel de l'arbre s'était fait pressant. Ce grand pin aperçu un peu à l'écart, juste avant d'arriver au lac, refusait de se laisser oublier. Il le revoyait nettement : le tronc solide témoignait d'un âge déjà respectable, un siècle au moins, probablement près de deux. La cime interminable s'étirait vers l'infini. Les branches les plus basses, d'un profond vert émeraude, lui avaient délicatement frôlé le crâne l'autre jour, comme pour attirer son attention.

Il n'était plus très loin ; juste avant d'arriver au refuge des lacs de Colbricon il s'écarterait du chemin signalisé à l'intention des randonneurs et gravirait sur sa gauche un premier raidillon pendant quelques minutes. Tout de suite après avoir contourné un amas de rochers, une courte halte s'imposerait afin de reprendre souffle. Mais, parvenu à ces quelque deux-mille mètres d'altitude, le panorama en vaudrait la chandelle : face à lui les trois sommets vertigineux des Dolomites se découperaient dans le jour naissant, reflétés en contrebas par les eaux cristallines des lacs. Puis il reprendrait son ascension, plus brièvement cette fois. L'épicéa lui apparaîtrait alors découpé sur fond de ciel rose pâle.

Parfois à la scierie ses collègues le taquinaient et le moquaient un peu. Il riait avec les autres du surnom dont on l'avait doté : « celui qui parle aux arbres ». Rien de méchant, juste une plaisanterie ; la petite entreprise fonctionnerait beaucoup moins bien sans lui et nul ne l'ignorait. Il n'avait pas son égal pour déceler les meilleurs arbres, ceux qui vibreraient au plus près de l'âme. C'était comme s'il avait su entendre avant tout le monde de quelle manière le bois s'exprimerait. Lorsque d'aventure on lui posait la question il expliquait que c'étaient les arbres eux-mêmes qui lui parlaient, nul besoin de mots tangibles pour ressentir leurs ondes et comprendre leur langage de sève.

De temps à autre le hasard plaçait un de ses semblables sur son chemin. Les mots n'étaient pas nécessaires pour s'en apercevoir : les frères se reconnaissent. Lorsque d'aventure il venait à croiser la route d'un de ses pairs se tenaient entre eux d'interminables conversations sans paroles. Impossible pour quiconque de les héler dans ces moments-là : absorbés par leur échange silencieux, ils n'auraient rien entendu.

La nuit s'estompait dans des traînées brillantes et l'homme accéléra son rythme déjà soutenu : il touchait au but. Les bûcherons avaient abattu la semaine passée les derniers arbres de la saison, de ces belles coupes radiales qui forgeaient la renommée de leur petite industrie. Depuis une éternité les luthiers venaient spécialement jusqu'ici de toute l'Europe, de plus loin parfois. Le patron de la scierie redoutait toujours un peu le moment de leur visite : d'abord, il fallait sortir une à une les planches entreposées. La séance pouvait durer des heures. Parfois venus seuls, parfois en petits groupes de deux ou trois, les luthiers palpaient, sentaient, tapotaient les larges tranches, à la recherche des plus sèches ; ils en observaient longuement le veinage et la structure, scrutant méticuleusement les motifs sinueux uniques nés au cœur des arbres. Quand certains exprimaient à haute voix leurs appréciations chaleureuses, d'autres conservaient durant toute la durée des opérations un silence recueilli, conférant alors à l'instant un caractère sacré. Parmi tous les bois exposés les luthiers ne choisiraient que quelques rares pièces. Lorsqu'ils partiraient enfin munis de leur précieux butin, il faudrait empiler de nouveau avec soin les planches abandonnées là dont le tour viendrait, tôt ou tard. Les stocks de la scierie vieillissaient sereinement, parfois une dizaine d'années avant d'être sélectionnés pour construire, disait-on, les meilleurs violons du monde.

Leur provision était fournie et, comme de coutume, de grande qualité. Pourtant l'homme remontait seul ce matin ; l'autre fois au pied de l'épicéa, une vibration particulière à la base de la nuque l'avait alerté. Son instinct le trompait rarement... Il avait failli appeler ses compagnons, s'était ravisé : le soir tombait et les hommes fatigués aspiraient au repos. Les jours raccourcis sonnaient le rappel de plus en plus tôt, la soupe attendait dans la vallée où les lumières s'allumaient une à une. Ils avaient autant de bois que nécessaire. Autant redescendre, lui aussi en ressentait l'envie. Affamé déjà de celle qui l'attendait à la maison il anticipait la chaleur des bras aimés autour de son torse, les caresses légères aiguillonnant sa peau. Cette ardeur ne le quittait pour ainsi dire jamais. Il la savait intimement liée à ces grands arbres prodigieux : autour d'eux se propageait une énergie tellement intense.

L'autre soir, après un dernier regard vers le résineux magnifique, il avait finalement emboîté le pas à ses camarades. Mais l'arbre avait envahi ses pensées, nuit après nuit : l'homme pouvait entendre la musique qui en jaillissait déjà, des racines jusqu'à la cime. La puissance des vibrations était telle qu'elles éclataient dans sa tête à la manière de mille symphonies. Ici dans le parc du Paneveggio l'aura de la forêt des violons rayonnait de toute sa puissance ; le noble épicéa méritait une place exceptionnelle parmi les plus belles pièces de la scierie. Le bûcheron s'apprêta à se mettre au travail.

I – La mort et la jeune fille

10 janvier 2011, Orléans (France)

Quoique je fasse l'image demeure obstinément gravée dans ma tête : voilà deux heures que mon cerveau se refuse farouchement à l'interpréter alors elle tourne, tourne jusqu'à l'écœurement. De leur clarté blafarde et indécente les néons inondent crûment la salle trop grande. Le temps ne s'est pas arrêté seulement dans mon esprit : chaises, pupitres, partitions, estrade, rien n'a bougé. Quelle heure peut-il bien être maintenant ? Minuit ? Où est ma montre ? Portais-je même d'ailleurs une montre ? Impossible de lire l'heure sur mon téléphone, l'écran demeure d'un noir d'encre : batterie vide.

Peu après vingt heures trente le monde a basculé. L'orchestre venait tout juste de finir de s'accorder, avec un soin très particulier pour les cordes graves : le *sol* pour les violons, le *do* pour les basses. À mon arrivée la température m'avait paru à peine suffisante, dix-huit degrés peut-être avais-je immédiatement pensé : en dessous de cette limite mes doigts perdent de leur souplesse sur les cordes, aussi je me souviens nettement l'avoir remarqué. Notre hautboïste, comme à son habitude, était arrivée très en avance ce soir pour s'échauffer : toujours tirée à quatre épingles, elle veille à rester impeccable jusque dans ses solos. Les partitions avaient été déposées sur nos pupitres dans l'après-midi par le régisseur ; pour cette première lecture de la *Troisième symphonie* de Beethoven le planning indiquait que l'on commencerait ce soir par le deuxième mouvement, tout en émotion.

Débuter la répétition par cette séquence nécessitait une concentration immédiate pour trouver tout de suite le juste dosage : ni trop fort, ni trop vite, ni trop expressif. Sobre.

Dépouillé. Aux conversations animées précédant toujours une répétition, entrecoupées d'un sandwich précipitamment avalé, d'une pomme ou d'un café, avait succédé un calme studieux : extraits de leurs étuis les instruments achevaient d'être montés, préparés, bichonnés. Enfin, le *la* pur du hautbois s'est élevé puis répandu d'un musicien à l'autre, unique sonorité tolérée durant ces quelques minutes de transition entre la vie extérieure et la musique qui nous attendait. À vingt heures trente précises, juste après la fin de l'accord, notre chef est entré dans la salle, s'est saisi de la baguette posée sur son pupitre, a levé le bras pour nous donner le départ, et s'est effondré. De tout son long, il est tombé de son estrade et s'est écroulé au sol. Nous allions attaquer les premières notes : *adagio assai. Marcia funebre.*

Jusqu'ici jamais personne n'était mort sous mes yeux. Depuis tout à l'heure la seule chose qui m'obsède, c'est de me rappeler le son de la chute. Quel bruit a-t-il fait en tombant ? Pour quelle raison ne parviens-je pas à ôter cette question stupide de ma tête ? Tout autour de moi le silence. Le chef d'orchestre s'est effondré de toute sa hauteur, et même un peu plus, depuis sa petite estrade, et il était loin de ce que l'on appelle un poids plume ; encore qu'il ait maigri récemment. Diverses rumeurs ont d'ailleurs circulé à ce propos : régime miracle ? Sport, vie plus saine ? Nouvelle intervention chirurgicale pour insuffler à son cœur fatigué la juste force de ses émotions ? Un peu de tout cela réuni ? Tout à l'heure assise à ma place dans le pupitre des premiers violons, je ne devais pas me trouver à plus de deux ou trois mètres de lui. Je jure l'avoir entendu distinctement murmurer, au moment où il levait sa baguette. « Excusez-moi, je ne me sens pas bien du tout. » Tels furent ses mots exacts. Je me souviens de ce quart de seconde pendant lequel je me suis demandé que faire de cette étrange information : jamais je ne l'avais entendu se plaindre. Même quand son épaule, son cœur ou ses nombreuses tendinites de chef d'orchestre le faisaient souffrir il dirigeait jusqu'à l'épuisement.

« Excusez-moi, je ne me sens pas bien du tout. » J'ai haussé un sourcil en le regardant, cela semblait tellement incongru : comment pouvait-il déjà être fatigué quand nous n'avions pas encore joué une seule note ? Je n'ai pas eu le temps de m'étonner davantage car à la seconde où il prononçait cette phrase, il s'écroulait. Je ne sais pas si d'autres ont perçu ses mots aussi clairement que moi. Et maintenant pourquoi, mais pourquoi donc est-ce que je n'arrive pas à me rappeler le bruit de la chute ? Et surtout pourquoi me paraît-il crucial de m'en souvenir ?

J'ai connu son nom et sa réputation bien avant de le rencontrer. Sa stature massive impressionne beaucoup, y compris dans ses emportements ; mais j'ai vite compris que lorsque ses yeux noirs pétillent, le rire est tout proche. Cet éclat, toujours précédé d'un tressautement annonciateur de ses épaules, se propage à son buste entier à mesure que l'hilarité le gagne. Dans son vaste bureau du conservatoire, parfumé pour toujours aux volutes de ses cigarettes malgré un récent arrêt forcé du tabac, il prépare nos concerts. Assis dos à la fenêtre, un immense conducteur posé devant lui, il griffonne, colle des post-it, déroule mentalement sa partition muette, jusqu'à savoir précisément ce qu'il exigera de chaque musicien. Et lorsqu'en répétition nous atteignons ensuite, tous ensemble, l'harmonie sonore qu'il a imaginée, il nous gratifie d'un demi-sourire malicieux et laisse échapper de sa voix rauque un « Hé ! Ça ressemble ! » que nous recevons comme le plus beau des compliments.

Notre chef est mort, vient de nous annoncer l'administrateur de l'orchestre. Le monde s'effondre sur le coup, je ne respire plus. Au début, nous avions pourtant tous pensé qu'un espoir subsistait : après leur arrivée, sirènes hurlantes, les pompiers nous ont priés d'attendre dans le hall. Tout l'orchestre a évacué les lieux, les portes de la grande salle se sont refermées sur les secouristes munis de leur matériel, et nous avons patienté, une heure peut-être. Au départ, leur arrivée tout en effervescence nous a tirés de notre hébétude ; ces femmes et ces hommes forts, solides, habitués des sauvetages et des miracles en tous genres, détenaient forcément le pouvoir de rembobiner le temps, d'inverser le cours funeste de la soirée ! Puis les minutes ont de nouveau semblé s'étirer. Certains d'entre nous pleuraient, d'autres restaient murés dans leurs pensées. C'est à ce moment qu'un épais silence s'est installé : un orchestre muet, voilà ce en quoi nous nous sommes changés. Chacun espérait encore une sorte de dénouement heureux. Notre chef en avait vu d'autres, il était solide ; son cœur cabossé de vieux petit garçon n'en était pas à son premier rendez-vous manqué avec la mort mais il se montrait toujours plus malin qu'elle et lui faussait compagnie à chaque fois, avec un pied de nez, avant de se replonger passionnément dans la musique. Berlioz, Honegger, Verdi, Bernstein : aucun chef-d'œuvre ne l'effrayait. Il s'en tirerait, encore une fois : nous avions trop besoin de lui. Et puis ce que nous venions de vivre ne pouvait pas être réel : on ne meurt pas en s'apprêtant à donner le départ d'une marche funèbre, cela ressemblerait trop à une mauvaise blague.

J'étais une jeune violoniste à peine sortie de l'enfance quand je l'ai rencontré et ses conseils ont modelé ma vie musicale. Il parlait peu mais savait guider au plus juste, tout en s'en défendant énergiquement cependant : jamais il n'aurait supporté d'imposer une trajectoire à quiconque. Je lui vouais une confiance absolue. Grâce à lui j'ai rencontré le professeur de violon qui m'a accompagnée dans mes premiers pas de musicienne professionnelle. Sous ses encouragements je me suis jetée avec ardeur dans l'expérience extraordinaire du quatuor à cordes. Sans lui surtout je n'aurais pas découvert, à l'âge de quinze ou seize ans, le plus grand bouleversement de mon existence : le cataclysme émotionnel provoqué par la vibration unanime de l'orchestre avec son chef.

Jusqu'à le rencontrer j'avais bien sagement gravi les échelons de l'apprenti violoniste, assistant sans me poser trop de questions à mes cours et à mes séances hebdomadaires d'orchestre. Puis soudain je me retrouvais là, propulsée, catapultée parmi d'autres étudiants dans un conservatoire que je ne connaissais pas ; impressionnée par ce chef que j'approchais enfin, je touchais du bout des doigts lors de cette première séance de répétition ce qui illuminerait le reste de ma vie. Je découvrais pêle-mêle Ravel, la danse effrénée et sensuelle de son *Alborada del gracioso*, les ricochets de mon archet plus irréguliers que les battements d'un cœur affolé et par-dessus tout cela le rire un peu moqueur mais tellement bienveillant du chef, ravi de transmettre les vibrations de son âme à de jeunes esprits curieux. Un choc intense : jamais je n'oublierai notre excitation quand vint l'heure de la première pause, galvanisés que nous étions d'incarner chacun une infime partie de ce grand tout musical. Depuis ce moment c'est cette palpitation que je poursuis à chaque seconde de mon existence, dans chaque respiration et à chaque note jouée. Noire. Croche, demi-soupir. Pause. Chut… Dernier soupir, chute. Silence. Jusqu'à présent je ne détestais pas cette *Troisième symphonie « Héroïque »*, dédicacée par Beethoven « à la mémoire d'un grand homme ». Mon grand homme à moi, c'était un chef d'orchestre et il vient de mourir sous mes yeux.

II – Les paillettes

1er janvier 2019, Orléans (France)

Quel temps sinistre ! Toutes les couches de mes vêtements se sont imprégnées l'une après l'autre de cette humidité sournoise. J'ai pourtant pris soin au réveil de m'extraire de ma robe à paillettes, vestige de réveillon, étincelante relique que je n'ai pas trouvé le courage d'ôter au petit matin en me jetant sous la couette. Le jean, le gros pull et l'épaisse veste de laine tout juste enfilés conviennent davantage aux frimas de janvier. Par bonheur, les gants de mohair turquoise fraîchement reçus pour Noël attendaient au fond de mes poches que je les y retrouve : la distraction a parfois du bon et je les enfile avec gratitude. Plutôt que d'humidité c'est de paillettes encore que je voudrais me sentir étreinte en ce lendemain de fête : d'or sur les vêtements, d'argent dans les reflets de l'eau, d'intelligence dans les yeux, d'extase dans la musique, des paillettes en quantité. Je raffole de l'idée que ces parcelles infimes saupoudrent mon quotidien d'un supplément de je-ne-sais-quoi scintillant. Parmi quelques cristaux de glace aujourd'hui des paillettes de givre auraient été du plus bel effet : je préfère cent fois, mille fois le gel saisissant qui lors d'une brutale inspiration emplit mes poumons d'un air si froid qu'il brillerait presque ; là, au moins, le spectacle en vaut la peine ! Point de paillettes aujourd'hui, je me contenterai tant bien que mal pour ce premier jour de l'année d'une grisaille très ordinaire.

D'où a bien pu me venir l'idée de traîner sous cette bruine alors que mon fidèle canapé, au creux duquel je flottais agréablement entre deux rêves, ne demandait qu'à m'engloutir encore ? L'esprit encore tout engoncé dans un brouillard d'après réveillon, je me suis persuadée que cette balade autour d'un lac à peine décelable tant il est noyé dans la brume serait une bonne façon de commencer l'année. Une fois dehors cet excès d'enthousiasme n'a pas survécu plus de quelques secondes mais, après toute cette énergie dépensée à me vêtir chaudement, autant marcher un peu : renoncer à ma toute première résolution ne serait probablement pas du meilleur augure. Les échos de la veille achèvent de se dissiper tout autour et les quelques promeneurs croisés de-ci de-là au début de ma promenade disparaissent eux aussi peu à peu, probablement découragés par la mélancolie ambiante. Ne reste bientôt que moi, petite silhouette aux mains turquoise, mes boucles châtain emmêlées plus ou moins ramassées sous un bonnet. La nuit dernière parmi rires et paillettes, j'ai brutalement pris conscience que ce changement d'année me propulse dans ma dernière année de trentenaire : plus tout à fait une jeune fille, encore loin je l'espère de la vieille dame. Je ne saurais dire encore ce que ce constat provoque en moi. J'y réfléchirai plus tard peut-être, à tête reposée, mais pas tout de suite : la morosité alentour risquerait fort de déteindre sur mes pensées si je n'y prends garde et, sur l'air d'une marche funèbre de Beethoven, les réminiscences d'un autre janvier pourraient bien envahir mon humeur. Afin de m'extirper de ce dangereux terrain glissant je hume l'atmosphère tout imprégnée d'un mélange de champignon et de terre mouillée et m'applique furieusement à y déceler le premier bouquet de promesses.

Dans un *a cappella* persistant, les arbres frissonnent et unissent leurs murmures boisés. De temps à autre fuse le chant cristallin d'un oiseau égaré au cœur de l'hiver : grive musicienne, chardonneret élégant ? Linotte mélodieuse ? Je n'en ai aucune idée en vérité et ne saurais identifier aucun d'entre eux : je ne connais rien aux oiseaux. Mais le charme des noms gracieux affichés ici ou là sur de petits panneaux à l'attention des promeneurs m'autorise ces suppositions musicales rêveuses.

Après quelques dizaines de mètres sur un nouveau sentier plus étroit, je note que le rythme de mes pas s'est ordonné à mon insu et marque une sorte de cadence. Sans que j'en aie vraiment pris conscience, une mélodie est venue enlacer mes pensées. Les croches *staccato* d'un ensemble à cordes s'imposent à mon esprit et, soufflées par la nature qui m'entoure, les grappes de notes familières et reconnaissables entre mille s'envolent : Vivaldi, *L'Hiver*. Les sonorités voilées un peu sifflantes d'un *ponticello* orchestral m'enveloppent dans leur intimité cotonneuse et je m'y abandonne voluptueusement. Enfin, cette promenade devient intéressante : je suis vivante ! Musique maintenant, et que l'année commence…

Voilà plusieurs jours déjà que de nouvelles partitions trônent sur mon pupitre à la maison : le premier concert de l'année se jouera la semaine prochaine et j'ai hâte de me lancer à la découverte des faux airs anciens de la *Suite Holberg* de Grieg. Quelle délicatesse perlée dans l'arrangement pour orchestre de cordes ! Après cette mise en bouche raffinée viendra la pièce maîtresse : le *Concerto pour violon en la majeur* de Mozart.

L'énergie qui se répand au sein de l'orchestre lorsque nous accompagnons un concerto revêt une intensité toute particulière : le soliste doit pouvoir se reposer sur nous de toute son âme. Il s'agit par moments de dialoguer avec lui, parfois d'entremêler nos réponses à son chant, et, en toutes circonstances, de présenter un délicat écrin à sa virtuosité. C'est plus difficile qu'il n'y paraît car tous les egos doivent s'effacer, tâche ardue pour une âme d'artiste… Mais lorsque l'orchestre entier parvient à ne faire qu'un, l'ivresse du climax atteint collectivement dans une explosion sonore jouissive est pour moi aussi addictive que les drogues les plus folles. Au beau milieu d'un *tutti* réussi mon corps se démultiplie en un kaléidoscope de sensations brutes. Des ondes d'émotions archaïques et naïves tournoient comme autant de paillettes aux couleurs primaires dans mon ventre et leurs magenta, leurs cyan, leurs jaune d'or finissent par exploser presque douloureusement dans ma poitrine : le bonheur exulte par tous les pores de ma peau.

Je n'ai pas l'âme individualiste : mes orgasmes sont orchestraux, ou, *a minima*, issus de la musique si joliment nommée « de chambre ». La palette d'impressions fortes procurées par la musique est trop volumineuse pour moi seule, il me faut la partager, exactement comme un festin, sans quoi elle perdrait à mes yeux toutes ses saveurs. Je me régale infiniment à transpirer de la même sueur que mes collègues dans un *prestissimo* final triomphant ; à arrimer mon regard à celui du chef d'orchestre quand il nuance notre propos pour mieux cueillir l'auditeur ; à vibrer avec le public et même chaque jour avec ceux qui, par hasard, passent devant ma fenêtre à portée des notes que je laisse échapper : libre à eux de les écouter, ou non. Je peux puiser dans n'importe lequel de mes souvenirs : de ces communions d'accords ouïs naît ma jouissance. Alors, tout ce qui m'entoure devient harmonieux et je le sens au plus profond de moi : là, au cœur de l'ensemble, je suis exactement à ma place.

Mon tour du lac touche à sa fin et cette promenade m'a finalement regonflée d'une vitalité bienvenue. Vite, à la maison : me voici bien réveillée maintenant, pleine d'énergie et d'envie de me mettre au travail. Mon violon m'appelle ! Les jours qui viennent resteront tout imprégnés des fragrances boisées qui m'ont accompagnée aujourd'hui et j'imagine déjà comme les accords lumineux de Grieg viendront s'empreindre du chant des oiseaux entendus, qu'importe leur nom.

III – Le concert

Tout au long des jours qui suivent cet enthousiasme nouveau ne me quitte pas et c'est à peine si je vois la semaine passer : déjà s'achève le premier concert. De retour dans la chaleur feutrée d'une petite loge des sous-sols du théâtre, je nettoie délicatement la baguette de mon archet. Robe noire et escarpins sont soigneusement rangés, prêts pour le concert du lendemain. Songeant encore à ma brumeuse promenade de nouvel an, je range l'archet à sa place dans l'étui : Grieg et Mozart ont tenu toutes les promesses ébauchées. Quel concert, quel régal que la délicatesse d'interprétation du violon solo dans le concerto ! Chaque minute de ces quelques jours passés en compagnie de l'excellent soliste était appréciable, nourrie des précieux conseils qu'il nous a généreusement offerts sans jamais rien nous imposer. Je me souviendrai de ses recommandations au sujet du vibrato, artifice facile dont on aurait tous tendance à abuser copieusement ; il nous a suggéré comme une petite expérience amusante de gommer presque tout vibrato de notre jeu pendant la *Suite Holberg* et nous avons été éblouis de constater à quel point notre sonorité collective y gagnait en luminosité. Comme si nos velléités individuelles, en s'effaçant, avaient permis à l'œuvre de se dévoiler dans sa beauté la plus nue.

Nous avons brillé ce soir, il suffisait pour s'en assurer de se saisir des paillettes humides parsemées dans les yeux du public ! Tout en enveloppant mon violon de son foulard de soie écarlate je me repasse mentalement le concert en accéléré. Dans un joyeux bazar à l'américaine nous avons émergé un à un des profondeurs de nos loges pour gagner chacun sa place sur scène. Durant quelques minutes, des envolées de notes ont fusé de toute part en guise d'échauffement. Mais lorsque d'un pas décidé le violon solo a gagné sa place, la cacophonie a cessé immédiatement. Nous étions prêts. Au moment précis où le public s'abandonnait dans les fauteuils rouges de la grande salle, l'orchestre s'est animé. Il est impossible de tricher avec la musique et s'il m'arrive de douter, fatiguée ou préoccupée par d'autres considérations – trouverai-je en moi l'énergie exigée par l'œuvre ? –, toujours, les questions s'évanouissent dès la première note. Encore une fois ce soir la magie a opéré : ma pulsation intérieure, happée par le pouls de l'orchestre, s'est jointe au tempo général pour une traversée partagée.

Alors que se sont éteints les derniers applaudissements et les projecteurs débute à deux pas de la scène plongée dans le noir un nouveau numéro. Celui-ci se prolongera jusqu'à une heure avancée : bienvenue au Café du Théâtre, point d'orgue incontournable et délicieux de tout spectacle en ces lieux ! Des lampes aux larges abat-jour pendent très bas depuis le plafond ; les sièges et banquettes de velours pourpre sont pris d'assaut, le convive est installé devant des tables joliment dressées. Les cristaux brillent de mille feux car voici enfin venu le moment de leur entrée en scène.

Les serveurs se pressent frénétiquement d'un bout à l'autre de cette salle tout en longueur, dont les immenses baies vitrées offrent aux regards la nuit étoilée. Après le spectacle, on dîne ! Plus exactement, l'assistance dîne. Parmi les musiciens de l'orchestre, certains céderont peut-être plus tard à l'appel d'un souper tardif, mais pas avant d'avoir étanché leur soif. Il y a là comme une sorte de tradition : à peine sortis de scène, nos costumes noirs et souliers vernis partiellement troqués contre une paire de baskets ou une tenue plus confortable, nous empilons nos boîtes d'instruments dans un coin et nous précipitons dans un joyeux désordre vers le comptoir, réclamant à qui mieux mieux notre premier verre. C'est un moment redouté par l'équipe du Café du Théâtre : l'orchestre quasi au complet, tel une entité monstrueuse, envahit en quelques secondes l'atmosphère tamisée des lieux. Nous parlons fort, nous rions, nous sommes heureux d'avoir offert au public le meilleur de nous-mêmes et nous mourons de soif !

La mine exaspérée des serveurs nous rappelle à l'ordre. Sans doute s'affolent-ils à l'idée que dans un accès de sans-gêne incontrôlé nous n'allions nous asseoir dans les assiettes des dîneurs. Cela ne s'est jamais produit à ma connaissance mais je conçois que notre arrivée les irrite, concentrés qu'ils sont sur le plaisir des papilles des convives : à leur chorégraphie déjà virtuose nous ajoutons un obstacle supplémentaire. Je me souviens qu'un jour quelqu'un émit l'idée de nous éloigner à l'étage, de ménager pour nous un espace où nous serions seuls et à l'aise : ce fut un échec total. Une autre fois on nous a proposé une grande table isolée, tout au fond de la salle. Quel mortel ennui ! Tout juste sortis de scène sous des applaudissements souvent nourris, il ne nous est pas plus possible de nous éloigner du public attablé que de nous asseoir docilement. Tels des insectes fous, nous entrons dans la lumière ; les rangs disciplinés de la scène sont rompus et tout le plaisir consiste à se masser confusément autour du comptoir, opposant aux serveurs, comme autant d'obstacles vivants, nos corps bruyants encore tout emplis de l'adrénaline du concert. À l'ordre succède le chaos : il faut l'avouer, nos joies d'après spectacle peuvent se révéler exubérantes. En définitive notre tubiste se présenta un soir à la cheffe cuisinière des lieux :

« Mais pourquoi diable voudriez-vous qu'on se mette à l'écart ou que l'on se taise ? Ici la présence des artistes après le spectacle, c'est comme le dîner : ça *fait partie du décor*. Laissez-nous donc apparaître à la carte ! Amuse-gueules de musiciens, accord parfait d'harmonie aux petits légumes. Altistes mijotés avec amour, trompettistes du moment sur lit de cresson. Explosion de timbalier cuit à point. D'accord on est bruyants, on déborde, mais dans Café du Théâtre, il y a Théâtre, avec un T majuscule ! Je suis sûr que les dîneurs sont contents de cet échange avec les artistes. Je parie même c'est aussi pour ça qu'ils dînent ici, et pas ailleurs. Même si on se marche tous sur les pieds. Demandez-leur ! »

Les arguments de notre tubiste inspiré ont su convaincre la cheffe et depuis cette nuit-là s'est instauré une sorte de *statu quo*, de coexistence quasiment pacifique avec l'équipe du café, certes ponctuée occasionnellement de heurts… mais sans nuances, que deviendrait la musique ? C'est dans un joyeux brouhaha que ce soir, une fois de plus, nous envahissons le Café du Théâtre après ce concert si réussi.

Me frayant un passage à travers plusieurs attroupements je m'apprête à rejoindre mon amie Helena, violoniste elle aussi, que je devine déjà accoudée au comptoir. Je sais qu'à cet instant elle se sent comme moi comblée par le tourbillon musical que nous venons de vivre et je veux trinquer à cela avec elle. Alors que je contourne plusieurs collègues pour la rejoindre, je l'aperçois engagée dans une conversation animée avec son voisin de comptoir. Dans la pénombre relative de cette partie du bar, seul l'abat-jour au-dessus de leurs têtes éclaire la scène et leurs visages baignés de lumière orangée rayonnent à la manière d'un clair-obscur.

L'image est étrange et belle à la fois et je me fige un instant pour les observer. Qui peut bien être l'inconnu aux allures de dandy dégingandé conversant avec Helena ? Je suis certaine de ne l'avoir jamais vu auparavant ; grand, mince, le teint pâle, ses longues mains fines volent légèrement au moindre de ses gestes, soulignant ainsi fort élégamment ses propos tandis qu'un éclat juvénile anime ses yeux bruns. Ses boucles noires sont regroupées en un chignon approximatif qui bringuebale sur son crâne au rythme de ses paroles, de même qu'un bijou de pierres multicolores oscille énergiquement à son oreille. Le pantalon court en gros velours vert, la longue veste pourpre et la chemise de soie jaune décorée de petits motifs géométriques, tout en lui m'inspire un héros romanesque du dix-neuvième siècle ou un bohémien sublime d'image d'Épinal, et l'éclairage renforce mon impression de contempler un tableau de maître flamand. Je ne veux pas interrompre son dialogue avec Helena et, après un dernier coup d'œil, m'apprête à rejoindre un autre groupe, mais mon amie m'aperçoit à cet instant et m'invite d'un geste ; curieuse, je ne me fais pas prier et cède avec joie à sa requête.

Je salue le mystérieux personnage, qui se présente à son tour. Il se prénomme Benjamin et vient d'assister au concert, qu'il a d'ailleurs beaucoup apprécié, même s'il admet être un auditeur conquis d'avance : ce soliste qui vient d'enchanter toute la salle, Benjamin le connaît bien et plus précisément, il connaît parfaitement son violon. Devant ma mine étonnée, Benjamin reprend ce qu'il expliquait à Helena avant que mon arrivée ne les interrompe : il est luthier. Lors de son apprentissage, il a accueilli plus d'une fois l'illustre violoniste qui vient de ravir nos oreilles. En effet le maître de Benjamin avait fabriqué le violon de ce dernier, ce merveilleux instrument qui vient de captiver la salle entière, et le soliste passait régulièrement demander tel ou tel menu réglage sur son instrument, pour le faire sonner encore plus magnifiquement. Penché sur sa table de travail au fond de l'atelier, le jeune Benjamin n'en perdait pas une miette.

Benjamin raconte : il s'est inspiré du savoir transmis par son maître pour développer ses techniques personnelles et vole aujourd'hui de ses propres ailes. Dans son atelier situé à deux pas du théâtre il fabrique des violons, des altos et des violoncelles. Jamais deux fois le même car ce qui l'intéresse avant tout, c'est l'échange avec le musicien autour de l'instrument à venir : le ressenti physique d'une main gauche sur le manche, la courbe du bras plus ou moins tendu pour soutenir le violon, la couleur du son recherché, tout doit être prétexte à interrogation. Benjamin parle de son métier avec la passion contagieuse de ceux qui aiment partager et son regard semble parfois se perdre à l'intérieur de lui-même lorsqu'il cherche comment expliquer plus précisément son travail. Alors, il s'interrompt jusqu'à trouver le mot juste. Si j'admire sa façon de ne rien affirmer, d'être toujours en questionnement, je comprends rapidement que cesser de s'interroger équivaudrait pour lui à trahir non seulement son métier mais sa façon entière d'aborder l'existence. D'une question à l'autre sans qu'on y prenne garde, tout absorbés que nous sommes, le vacarme ambiant s'estompe progressivement autour de nous. Bientôt Helena, Benjamin et moi nous retrouvons seuls à l'exception du serveur et de la cheffe terminant de ranger la cuisine : tout recommencera demain et les lieux devront être en ordre.

Derrière le comptoir, comme pour épouser cet instant particulier, le barman entreprend de nous présenter ses plus remarquables alcools. C'est en sirotant un rhum vieux, de toute évidence excellent, que Benjamin narre ses recherches successives pour l'amélioration de ses instruments et son admiration sans bornes pour le maître absolu de la lutherie : Antonio Stradivari. Les yeux brillants il parle du vernis des violons et de l'huile présente dans leur composition : l'huile de lin, par exemple. Stradivari aurait-il pu raisonnablement s'en procurer au dix-septième siècle ? Probablement mais auparavant l'huile, venue de loin, aurait voyagé pendant des mois pour arriver jusqu'au célèbre luthier. Alors avec quelles huiles plus locales, extraites de fruits poussant aux alentours de Crémone, Stradivari aurait-il bien pu travailler ? Après quelques recherches empiriques

Benjamin a décidé de parier sur la noix et aussitôt, raconte-t-il, il a eu très envie d'essayer. L'autre soir tard, mû par cette inspiration, il a rendu une visite impromptue à un ami restaurateur et s'est procuré *in extremis* avant la fermeture nocturne de l'établissement la meilleure huile de noix artisanale possible ; il compte bien tenter prochainement de l'incorporer à son vernis.

Dans une quête incessante les ratés sont parfois inévitables… Benjamin tâtonne inlassablement et expérimente beaucoup, c'est ainsi qu'il progresse. La curiosité n'est pas toujours un vilain défaut ; je la trouve même très créative et la fantaisie de cet esprit libre, infiniment curieux me plaît décidément beaucoup. Quel dommage que la cuisine soit fermée : peut-être à cause de l'huile de noix dont l'évocation porte l'odeur puissante à mes narines, j'éprouve soudain une faim de loup. Mon appétit est gigantesque : entrée, plat, dessert, si cela était possible à cette heure tardive je dévorerais la carte entière, malheureusement la cuisine est plongée dans l'obscurité et je dois m'y résoudre : plus rien de solide ne me sera servi à cette heure-ci.

Confortablement installés au bar nous poursuivons nos bavardages autour de la lutherie, des violons, du bois évidemment : cette matière vivante qui nous rassemble s'animera et résonnera différemment selon le musicien, le luthier, la lune, les saisons, l'humeur… Nous échangeons des avis enthousiastes et trinquons beaucoup ; à ce stade de la soirée, la quantité d'alcool absorbée a largement dépassé toute limite raisonnable mais bizarrement, nous ne nous sentons pas soûls et notre causerie me paraît parfaitement fluide. Le fait que nous naviguions de concert sur les rivières de l'ébriété favorise vraisemblablement mon impression. Et du bois dans tous ses états nous dérivons progressivement vers la vigne puis le vin, vivant lui aussi, naturel et libre.

J'ignore à quel moment exactement ce discours croisé entre musique et vin se transforme en vibrant éloge de la patience mais la chose nous semble parfaitement naturelle. Nous dissertons alors joyeusement sur l'art d'attendre qu'une pièce musicale commencée *sotto voce* progresse *crescendo* vers un parfait accord final, chaque note auréolée de toute son importance. Si un seul son venait à manquer l'édifice entier s'écroulerait comme un château de cartes, l'œuvre se déguste donc de préférence jusqu'à la coda et même encore dans le silence qui la prolonge. De même pour le vin coquet qui ne se dévoile que lorsqu'on a fait preuve de patience et réfréné toute ardeur devant la bouteille tout juste ouverte, pour donner à l'oxygène tout loisir d'embrasser doucement le liquide ; le vin secret qui implore que l'on admire sa robe chatoyante quand, enfin exposée, elle se révèle. Comme le vin est délicieux quand il est permis aux premiers arômes fragiles de s'exhaler dans l'atmosphère ! Chacune de nos exclamations lyriques nous échauffe et nous encourage de plus belle : quelle soirée…

De patience, le barman ne manque pas et pourtant le Café du Théâtre lui-même ferme parfois ses portes. Les étoiles ont fini par pâlir, à moins que ce soit le ciel ; aux petites heures du jour, nous sommes gentiment mais fermement invités à rentrer nous coucher. Nous finissons par nous séparer sur la promesse enthousiaste de poursuivre tôt ou tard nos discussions et d'en entamer de nouvelles. J'observe la silhouette de Benjamin s'éloigner puis disparaître rapidement au détour d'une ruelle ; brusquement anéantie par la fatigue, je cale mon étui sur mon dos et m'engouffre dans la fraîcheur nocturne. Une petite demi-heure de marche me sépare de chez moi mais je me mets en chemin en fredonnant : chanter me donnera des forces jusqu'à la maison. Est-ce le souvenir tout frais de la *Suite Holberg* qui souffle à mon esprit une autre mélodie de Grieg ? Cet air de danse, entêtant et rythmé : deux violons, un alto et un violoncelle, obstinés sur une même corde tendue entre mélodie populaire et impressionnisme… La Norvège féérique et immortelle trotte dans ma tête en *sol* mineur. Faute à l'heure matinale et à mon ébriété joyeuse, quelques minutes s'écoulent avant que j'identifie consciemment ce qui me trotte en tête : je suis en train de chantonner l'unique quatuor à cordes de Grieg. Libérés, mes souvenirs se bousculent : comment ai-je pu ne pas reconnaître tout de suite cette mélodie sue par cœur à une autre période de ma vie ?

Jamais leur entente absolue ne trouve meilleur terrain que les tutti *de l'orchestre. Alors, ensemble, ils rayonnent.*

On vante fréquemment sa beauté. Il n'a rien fait pour cela mais il est vrai que son teint très pâle, quasiment translucide, lui confère une superbe que le poids des années n'altère pas. Au contraire : il paraît même gagner en noblesse et en prestance. On remarque toujours son dos magnifique, lisse et propice aux caresses.

Né à Paris dans les dernières années du dix-neuvième siècle entre les mains de Georges Cunault, lui-même ne se souvient pas exactement en quel lieu il balbutia ses premières phrases : fut-ce dans l'atelier du faubourg Poissonnière ou plus tard, rue des Martyrs ? Peut-être même le maître acheva-t-il son travail seulement après son dernier déménagement rue Clauzel. Quoiqu'il en soit, c'est dans ce mouchoir de poche du IXe arrondissement parisien qu'il vibra pour la première fois quand des mains fines et agiles s'emparèrent de lui.

IV – Le quatuor

Septembre 2002, Paris (France)

« Qui prendra un café ? J'en ai préparé une pleine cafetière. Tout le monde ? Je m'en doutais : si vous voulez devenir un vrai quatuor à cordes…

– Si vous voulez devenir un vrai quatuor à cordes, vous devrez d'abord apprendre à tout partager !

– Chacune de vous devra connaître les trois autres aussi bien qu'elle-même.

– Ha ha, belle imitation…

– Attendez, laissez-moi terminer. L'harmonie parfaite et la justesse d'exécution exigeront de vous que vous soyez capables de vivre ensemble n'importe quelle situation : pas seulement la musique !

– Sur ce point… on a respecté la règle à la lettre. Alors, quelqu'un reprendra des pâtes ou je peux apporter le café ? »

Cécile, Mathilde, Laïla. Mes partenaires de quatuor à cordes et bien davantage, mes meilleures amies. On a beau en plaisanter, notre cher professeur avait raison avec ses enseignements digne d'un maître Yoda : plus nous passons de temps ensemble, mieux nous jouons. J'ai parfois l'impression que nos quatre personnalités distinctes se sont fondues en une entité compacte, au point que je ne saurais décrire l'une séparément des autres. Le *je* s'est fondu en *nous*. Sensation à la fois étrange et très exaltante, à la manière d'un superpouvoir dont il nous faut apprendre à user le plus harmonieusement possible. Je l'ai ressenti dès la première œuvre que nous avons jouée ensemble : le *Quatuor en sol mineur* de Grieg. Rarissimes sont ceux qui le connaissent car il fut très critiqué lors de sa création : mal construit selon les uns, trop d'accords parallèles et dissonants selon les autres, il n'est quasiment jamais joué. Un matin, dans la bibliothèque du conservatoire comme de coutume plutôt déserte, nous avons exhumé la partition toute vieille et jaunie probablement oubliée là depuis des années. Les feuillets sont presque tombés en poussière lorsque nous nous en sommes saisies. *Sol* mineur est une jolie tonalité, je crois qu'au tout départ cette hypothèse suffisait à nous convaincre de déchiffrer la pièce : notre appétit pour de nouvelles découvertes est insatiable. Au fil du temps cette œuvre malaimée est presque devenue notre signature en concert et, en bonnes défenseuses des causes discutables, nous l'abordons chaque fois avec un peu plus d'assurance. Le début du final possède quelque chose d'une transe à laquelle nous nous abandonnons à cœur joie. Cet opus nous a séduites : il faut croire que nous sommes encore bien trop jeunes pour quérir la perfection !

Nous nous quittons rarement plus de quelques heures d'affilée. Nul besoin de se forcer beaucoup pour mettre en œuvre les conseils de notre professeur : la fusion s'est opérée naturellement. Nous répétons plusieurs fois par semaine, parfois très sérieusement ; une régularité installée dès nos débuts car nous nous devions d'affiner un répertoire toujours en chantier, avant de nous présenter à notre professeur chaque samedi à dix-neuf heures ; pour accéder à la salle nichée dans les recoins secrets du conservatoire, nous devions gravir des escaliers en bois aux marches irrégulières dans une première aile, puis redescendre dans une deuxième, puis monter encore, accompagnées tout du long par les grognements de Laïla : la pauvre transporte son encombrant instrument sur son dos dans un étui aussi grand qu'elle et le pénible trajet jusqu'à la salle de cours l'épuisait chaque semaine. Les cours du samedi soir furent à la fois l'occasion d'apprentissages passionnants et des plus grands fous rires : l'arrivée du week-end nous trouvait la plupart du temps dans un état de fatigue générale très peu favorable à la concentration dont nous aurions pourtant eu grand besoin, autant nous que l'enseignant. Un soir, notre maître s'était lancé plein d'ardeur dans une longue explication très détaillée sur l'art de jouer le menuet. Étions-nous ce samedi-là plus fragiles que les autres fois ? Chacune a progressivement perdu le fil de son discours, s'égarant dans des méandres rêveurs jusqu'à ce que plus personne – y compris notre professeur lui-même ! – ne sache où il en était. Quelqu'un a fini par craquer : le rire, venu de loin, a gonflé, gonflé, et nous a emportés tous les cinq dans une vague ravageuse. Je souris à chaque fois que l'on joue un menuet, preuve que d'une façon ou d'une autre tout cela reste gravé en nous.

Encouragées par nos débuts et désireuses de continuer notre chemin ensemble, nous voici désormais étudiantes à Paris, dans la classe d'une spécialiste du quatuor à cordes. Aux samedis soir tardifs de nos premiers cours orléanais succèdent les aubes grises des vendredis parisiens. Désormais, c'est bien trop tôt le matin que nous nous engouffrons dans les couloirs bondés du métro et que Laïla peste dans les escaliers, son instrument sur le dos.

Certaines fois lorsque nous nous rejoignons pour répéter, nous n'en trouvons tout simplement pas le courage. Alors nous nous contentons de passer la journée ensemble, de jouer aux cartes, de manger des pâtes, de boire beaucoup de café et de fumer encore plus de cigarettes que d'habitude ; nous rêvons, écoutons de la musique, cherchons à nous mettre d'accord sur la prochaine partition qui meublera nos jours et nos nuits. Pour notre premier cours à Paris nous n'avons pris aucun risque musical ; c'était déjà bien assez de se lever au beau milieu de la nuit puis de s'engouffrer, par un matin glacial, dans le bon métro, sans oublier le changement gare du Nord. Ensuite, parvenues sans trop d'encombre à l'entrée de notre nouveau conservatoire, il avait fallu batailler parmi d'autres étudiants motivés et fort matinaux pour se voir attribuer une salle, et se mettre enfin en conditions avant de rencontrer notre nouvelle professeure. Intimidées, nous tenions néanmoins à nous présenter sous notre meilleur jour et, comme on enfile de vieilles baskets, nous avons choisi à l'unanimité de lui présenter le Grieg de nos débuts : deux ans que nous en maîtrisions les ficelles ! L'introduction lente et lyrique, *andante*, suivie de l'intensité rayonnante de l'allegro enchaîné et d'une éblouissante coda *presto*. Imparfait ou non, ce quatuor, nous l'avions dans la peau : nous savions comment user de chaque sonorité pour entraîner notre auditrice dans notre sillage et elle a apprécié de bonne grâce. Mais il ne fallait pas compter sur cette quartettiste aguerrie pour nous laisser évoluer trop longtemps en un confortable terrain connu ; le dernier accord terminait à peine de résonner qu'elle demandait, l'air de rien :

– Avez-vous déjà écouté le *Septième quatuor* de Chostakovitch ?

Et voilà comment nous sommes tombées dans la marmite. Quelle découverte ! Ce côté direct, âpre et brut. Cet *ostinato* du second violon dans le deuxième mouvement, ténu, obstiné malgré tout, indestructible en somme. On s'est engouffrées dans le *Septième quatuor*, on a adoré, on a eu envie d'en découvrir un autre, puis un autre… Bien sûr nous nous sommes également plongées à corps perdu dans les basiques de notre apprentissage : Haydn, Mozart, Beethoven, mais à chaque concert un quatuor de Chostakovitch se glisse au programme ; après Grieg, nous avons trouvé notre nouvelle signature. Parfois le *Huitième quatuor*, parfois le *Troisième*, mais il me semble que le *Septième* reste notre préféré à toutes les quatre : il conservera pour toujours le goût inimitable de la première fois…

À propos des jeunes filles que nous sommes, Schubert emporte aussi notre unanime adoration. *La Jeune Fille et la Mort*, on peut dire qu'il s'agit de notre saint Graal, une sorte de but ultime. Mais c'est une œuvre tellement difficile, et tellement célèbre aussi, qu'on attend encore avant de s'attaquer à un monument pareil… Et j'avoue que depuis quelque temps je me sens un peu à l'étroit avec mon violon. La sensation est bizarre : jusqu'ici on s'entendait plutôt bien mais plus le temps passe, plus j'étouffe. Il faudrait penser à chercher un nouveau violon, plus généreux, m'a dit mon prof. Petite et menue comme je suis, je dépense d'après lui trop d'énergie dans la simple production du son, alors que je devrais me consacrer tout entière à l'expression musicale, avec pour me soutenir un instrument direct et clair, tout en rondeur. J'en ai parlé à mon luthier, il pense justement pour moi à un instrument tout juste arrivé chez lui ; j'irai l'essayer la semaine prochaine. Mais je veux prendre mon temps : entre mon violon et moi, j'aimerais que l'histoire dure la vie entière.

Quand je l'aurai trouvé nous pourrons peut-être reparler toutes les quatre de *La Jeune Fille et la Mort* ; je crois que nous connaissons toutes les versions enregistrées à ce jour. L'une de nos préférées est celle du Quatuor Amadeus : quelle fougue lorsqu'ils l'ont gravée ! Ils étaient pourtant déjà presque des vieillards, mais leur ardeur m'impressionne : leur enthousiasme pourrait appartenir à de jeunes hommes brûlants. Nous préparons un concert pour le mois de décembre… Si tout va bien j'aurai alors trouvé mon violon ; alors peut-être, nous oserons affronter *La Jeune fille et la Mort*. Pour de vrai. Parce que tant que l'on n'a pas interprété ce quatuor-là, peut-on jouer dans la cour des grands quatuors à cordes ?

Avant lui, il y a eu un Allemand maniéré dont les intonations devenaient presque nasillardes lorsque celui-ci haussait la voix. Certains l'auraient trouvé plus fin, plus racé peut-être... mais il manquait indéniablement de générosité.

Le Français se souvient du jour où elle est parvenue jusqu'à lui : elle n'en pouvait plus d'offrir toute sa belle énergie à l'autre, de devoir puiser en elle toujours plus profondément sans qu'il ne la satisfasse complètement. Elle désirait davantage de rondeur et d'onctuosité. De l'audace, voilà ce qu'elle voulait. Elle rêvait de puissance. De corps...

Aujourd'hui il est fier d'incarner son souffle et ses mots à elle et de l'envelopper de sa chaude présence. Elle sait qu'elle peut se reposer sur lui, il acceptera tout d'elle. Pas un nuage ne saurait assombrir leur idylle.

V – Première fois

Fin de l'hiver 2006, Saint-Éloi (France)

Demain nous nous produirons en Bourgogne, dans cette chapelle de contes de fées visitée aujourd'hui. Nous tenions absolument à en tester l'acoustique avant le concert : dans ce genre de bâtiment le son joue parfois de bien méchants tours. Notre répétition de cet après-midi nous a rassurées : sur ce point au moins, nous n'aurons pas de mauvaise surprise. Après plusieurs mois d'un travail intense nous sommes toutes les quatre un peu tendues : était-ce bien raisonnable de s'attaquer à Brahms ? On aurait pu choisir *La Jeune Fille et la Mort*, œuvre si longtemps convoitée, dont tous les enchaînements sont encore bien présents dans nos doigts et que nous avons à peine jouée deux ou trois fois en public : pas suffisamment pour s'en lasser ! Et de toute façon, comment s'ennuyer d'une œuvre pareille dont chaque motif est un pur enchantement ? Nous aurions pu savourer Schubert un peu plus longtemps, nous reposer un peu – légèrement – sur lui mais voilà notre défaut : curieuses, impatientes que nous sommes, nous voulons toucher à tout ; le répertoire pour quatuor à cordes recèle tant de merveilles ! On ne devait tout de même pas avoir l'esprit bien clair quand, un soir, on s'est enflammées toutes les quatre dans un bel élan. Satané esprit de groupe.

« C'est tellement beau, qu'est-ce que tu nous fais écouter là ? Montre-moi la pochette… D'accord, c'est du Brahms : *Premier quatuor en do mineur*… Attends, je le relance depuis le début. Laissez-moi l'entendre encore.

– Quelle écriture ! Écoutez ce passage où premier et deuxième violon jouent exactement la même partie, à l'octave : il doit falloir des heures de boulot pour que ça sonne !

– Des heures ? Des jours, même ! Des mois ! Et puis toute cette tension, cette passion… L'ensemble sonne tellement largement, comme si leur son ne connaissait pas de limite !

– C'est beau… Les filles, on le fait ?

– On le fait ! »

Définitivement, pas une pour rattraper les autres ! Des semaines de travail plus tard nous voici donc en Bourgogne, dans un curieux mélange d'impatience et d'angoisse : demain nous avons rendez-vous avec Brahms. Nous devrons entrer en scène munies de tout notre savoir-faire technique mais aussi d'une large palette de sentiments : douleur, maturité, tristesse… Nous savons devoir puiser dans notre vécu pour transcrire toute cette intensité, c'est l'une des premières leçons reçues de notre professeur. Mais le nôtre de vécu, n'est-il pas un peu maigre ? Nos épaules seront-elles assez solides pour porter la musique de Brahms ? Sans doute aurions-nous fait preuve de sagesse en patientant encore quelques années mais il est désormais trop tard pour se poser des questions : le programme est annoncé et nous n'avons plus d'autre choix que de nous faire confiance. Heureusement, j'ai mon nouveau violon. Enfin, nouveau, tout est relatif : c'est tout de même un noble vieillard de plus de cent ans, pas si vieux cependant pour un violon quand certains affichent au moins le double et une belle vigueur. Mon violon est centenaire mais notre relation, elle, date de peu. Mon luthier a déniché cette perle rare au fond d'un grenier, pile au moment où je me mettais en quête d'un nouvel instrument. Depuis ce merveilleux hasard je me sens pousser des ailes : ce violon me comprend si bien ! Je peux au moins compter sur lui pour m'apporter la rondeur nécessaire à notre programme mais cela suffira-t-il ?

Nous logeons pour le week-end dans la campagne nivernaise, chez un couple d'âge mûr qui a bien perçu notre fébrilité. L'homme compatissant nous a convaincues de le suivre cet après-midi, pour une activité mystérieuse sensée nous distraire un temps de nos préoccupations. Les chaussures détrempées après une promenade dans l'herbe haute du vaste domaine, nous nous éloignons peu à peu de la vieille demeure et nous engouffrons à la suite de notre hôte dans un vieil escalier de pierre dont l'ouverture semble béer au milieu du pré. Comme à son habitude Cécile marche en tête de notre quatuor, Mathilde et moi sur ses talons et Laïla bonne dernière bien qu'elle ne promène pas son violoncelle avec elle. Nous nous arrêtons d'un bel ensemble sur la dernière marche et laissons échapper de concert un murmure ébloui : nous voici transportées dans un monde parallèle souterrain ! Plusieurs mètres au-dessus de nos têtes, par-delà le plafond, la terre et l'herbe, tombe une pluie drue de printemps, mais mes amies et moi n'en avons pas conscience. Dans la pénombre de l'antique cave en pierre voûtée, nos yeux s'émerveillent à la faible lumière d'une ampoule tremblotante devant le trésor révélé à nous : des centaines de bouteilles allongées et probablement autant d'histoires sommeillent là.

Nous apprécions toutes les quatre le vin et jouons souvent à nous faire découvrir de nouvelles appellations lors de nos repas communs. Ces petites devinettes gustatives sont même devenues une sorte de rituel entre nous, malgré notre totale inexpérience : on y tombe rarement juste mais on s'amuse beaucoup à faire semblant. Cette fois il s'agit d'autre chose : notre première vraie dégustation. Sans l'avoir vu venir, nous voici donc projetées dans le monde des adultes ! Dans cette cave fraîche et poussiéreuse, notre hôte décide de nous faire découvrir un trésor local ; une bouteille de Meursault blanc issue du domaine Boisson trône sur la table et se laisse convoiter. « Admirez-moi », semble-t-elle dire, et nous lui obéissons de tous nos yeux.

Innocentes, nous nous abandonnons aux directives du maître des lieux, présentant nos verres à la faible lumière de l'ampoule pour admirer le vin doré et brillant. J'observe du coin de l'œil mes amies à ma droite : alignées sur un banc le long du mur face à une longue table de bois nous nous métamorphosons en quatre écolières studieuses et appliquées. Au signal de notre mentor nous promenons docilement le nez au-dessus de notre verre, tendant nos narines frémissantes pour ne rien perdre des arômes, les premiers : minéraux ; puis les seconds : de lys et de citron. Les pierres séchées par le soleil et le vent, les fleurs blanches et jaunes : les paupières closes je distingue chaque subtilité l'une après l'autre. Comme tout est doux et limpide lorsqu'on est bien guidé ! Le nectar se balade tendrement sur les bords translucides de nos verres, laissant planer quelques secondes de suspense : le résidu gras de la robe tardera-t-il à revenir se déposer au fond du verre ? Vient enfin le moment de goûter ; exacerbées par cette longue mise en bouche, les saveurs mêlées de brugnon et d'un subtil parfum salin explosent sur mon palais en une multitude de cristaux brillants dont, de la pointe de la langue, je recueille avidement l'essence sur mes lèvres.

Notre initiation n'a pas encore atteint son apothéose pourtant : le chien de la maison a pour habitude de dénicher les truffes sous la terre humide du parc situé juste au-dessus de nos têtes, nous apprend son maître. Joignant le geste à la parole celui-ci plonge la main dans la poche de sa veste et nous présente le champignon noir, humide et bosselé à l'odeur terreuse puis le tranche soigneusement sous nos yeux. C'est ainsi, accompagné de tartines, que nous dégustons l'or si pâle de l'extraordinaire chardonnay. Sur chaque fine tranche beurrée d'un pain croustillant étincellent des paillettes luminescentes de fleur de sel, parsemant une généreuse lamelle de truffe fraîche. Je goûte à tout cela pour la première fois de ma vie et je crois que je n'avais rien connu d'aussi beau que cet instant. Cher Brahms, nous sommes prêtes.

Il sommeillait au fond du grenier dont on l'a extirpé pour le mener jusqu'à elle : l'attraction mutuelle fut immédiate. Il tombait à pic, nimbé de son aura irrésistible : comment aurait-elle pu ne pas succomber ?

Les voilà accordés. Au sein de son quatuor il tient infailliblement son rôle de cœur battant, qu'importe le compositeur... bien que, poussé dans ses retranchements, il confesserait demeurer un incorrigible romantique.

VI – Une princesse

Juin 2018, Orléans (France)

J'admire à travers le cristal la transparence dorée du vin, puis incline le verre sous mon nez et m'emplit les poumons de sa fraîcheur de roche. Je ferme les yeux quelques secondes afin de me laisser envelopper tout entière par le subtil parfum. Enfin, je laisse délicatement une première minuscule gorgée atteindre ma langue. La légère acidité excite mes papilles et distille dans mon esprit l'image d'un panier rempli de pommes vertes et de chèvrefeuille. J'ai ouvert cette bouteille de Tokaji hongrois en l'honneur d'une belle soirée en compagnie d'Helena.

Elle et moi nous sommes rencontrées voici quelques années, lorsqu'elle a rejoint le pupitre de violons de l'orchestre. Je ne me souviens pas de la date exacte mais je suis certaine qu'Helena la connaît, et qu'elle pourrait même citer précisément le programme du concert que nous donnions. Si j'en suis tellement sûre, c'est parce que ce jour-là un drame qu'elle n'oubliera jamais survint dans sa vie. Je la revois pénétrer bruyamment dans le fond de la salle par les portes à larges battants au beau milieu d'une répétition, haute silhouette pâle et échevelée, les lunettes tout de guingois sur son nez. Je découvrirais par la suite que cette entrée en scène sensationnelle ne ressemblait pas du tout à Helena : elle s'exprime la plupart du temps si doucement qu'il faut parfois tendre l'oreille pour distinguer dans le murmure de sa voix son subtil accent polonais. L'explication à cette entrée fracassante se répandit à grande vitesse au moment de la pause-café : le violon d'Helena venait tout juste de lui être volé, sur le trajet qui la menait vers notre orchestre pour la première fois ! Un instant d'inattention dans le train avait suffi ; des années plus tard, elle me raconterait que ce violon avait été fabriqué tout spécialement pour elle par un luthier de Crémone. Malgré de nombreuses recherches elle ne l'a jamais retrouvé. Je sais qu'au plus profond d'elle-même elle en portera le deuil toute sa vie, à sa manière : délicatement.

En dehors des salles de spectacle nous nous retrouvons souvent toutes les deux pour de longues récréations. Nos quotidiens se ressemblent, ancrés dans les théâtres et les cafés, mais aussi furieusement reliés aux livres et à la nature, et constamment gourmands : entre nous l'entente s'est révélée immédiate. Les horaires n'ont aucune prise sur nos péchés mignons communs et si une bouteille réclame d'être goûtée elle le sera dans l'instant, quand bien même l'après-midi commencerait à peine ; et si la lumière est spécialement belle et invite à la promenade, nos violons seront déposés séance tenante et les gammes abandonnées le temps d'aller y voir de plus près.

Helena me domine d'une bonne vingtaine de centimètres, ses cheveux sont aussi fins et lisses que les miens sont bouclés, mais si je ne devais choisir qu'un unique mot pour la décrire ce serait le suivant : pois. Quelle que soit la taille ou la couleur de ceux-ci, Helena voue aux pois une passion irraisonnée et ils parsèment ses robes, ses foulards, ses collants, jusqu'aux crayons de papier qu'elle garde toujours sur son pupitre pour annoter les partitions. Dans un conte de fées Helena incarnerait à coup sûr une princesse aux petits pois : ils illuminent son existence comme autant de grains de sa discrète fantaisie.

Aujourd'hui nous avons profité de la visite de mon amie pour aller ensemble ramasser des cerises : nous ne travaillons pas ce week-end, remarquable rareté en plein mois de juin, période durant laquelle nos carnets de spectacle se trouvent habituellement bien remplis : la liberté inespérée de ce samedi estival n'en est que plus savoureuse encore et nous ne voulions surtout pas la bouder ! Le temps parfait conviait à une cueillette dans les vergers, d'autant que les arbres croulaient ces jours-ci sous les fruits. Depuis chez moi il ne faut guère plus de quelques minutes pour sortir de la ville et bientôt longer des champs entiers de cerisiers parsemés d'écarlate. L'après-midi s'est passé à flâner d'un arbre à l'autre de façon tout à fait désorganisée : il n'y avait qu'à tendre le bras pour attraper des cerises de toutes sortes, si nombreuses que rien n'y paraissait après notre passage pourtant gourmand. Nous avons rempli deux paniers de fruits rouges plus ou moins foncés, charnus, dodus. Un tel moment ne demandait qu'à être prolongé et nous avons fini par décider de rentrer dîner ensemble, chez moi.

Bien que la nuit soit tombée depuis longtemps, nous continuons à nous régaler de griottes et de bigarreaux sur la terrasse. La douceur ambiante s'avère propice aux confidences et ce soir, c'est de nos familles que nous parlons. De celle d'Helena, de la mienne, de toutes ces familles prétendument sans histoires quand chacun sait qu'une famille sans histoire, ça n'existe jamais vraiment : prénom hérité d'une grand-tante dont l'enfant revêt mystérieusement la personnalité, trésors cachés, divorces scandaleux, enfants illégitimes… Helena et moi nous racontons avec délectation quelques fables rapportées dont on se fiche de savoir si elles sont vraies ou fausses, à propos d'héritages familiaux trop lourds et des non-dits qui pèsent, des générations durant, sur les épaules des malheureux descendants. Ces savoureux mystères qu'on a voulu enterrer continuent toujours étrangement de réapparaître, comme autant d'appels à lever enfin une malédiction. Par bonheur il arrive aussi que l'héritage oublié soit beau comme mon violon retrouvé au fond d'un grenier.

Ce soir, tout en picorant les derniers fruits Helena laisse échapper – cerise sur le gâteau – une anecdote. Recherchant je ne sais quel papier lors d'un récent séjour chez ses parents elle est tombée au détour d'un tiroir sur un vieux tas de documents. Curieuse elle s'y est plongée, distraitement d'abord puis gagnée par un intérêt croissant : quelle bizarre affaire d'y apprendre que ses ancêtres ont décidé un jour de changer le patronyme familial ! Mon amie n'avait jamais eu vent de ce pan de son histoire et n'a pour l'instant pas élucidé la raison exacte de cette modification d'identité, mais elle a découvert un étonnant détail : parmi cette liasse poussiéreuse figure la représentation d'un blason semblant bien appartenir à sa famille, curieusement identique à celui du dernier monarque polonais. Les recherches d'Helena se sont arrêtées là ; les poursuivra-t-elle un jour ou choisira-t-elle de refermer le couvercle de cette boîte de Pandore à peine entrouverte ? En attendant, il n'est pas déraisonnable d'imaginer qu'Helena se trouve apparentée à l'ultime roi de Pologne. De loin et d'une façon très étrange, certes mais tout de même ; finalement je ne suis pas vraiment étonnée. Après tout, je l'ai toujours su : petits pois ou non, Helena est une princesse.

L'interstice est si fin, quasiment imperceptible à l'œil nu : entre l'ébène et l'érable s'est immiscée une faille. Un tout petit, minuscule vide, presque rien en somme. Mais, de la même manière que la princesse ne s'accommoda pas d'un petit pois sous dix épais matelas, cette lézarde-là ne saurait passer longtemps inaperçue.

VII – Le petit pois

Printemps 2019, Orléans (France)

La sonnerie du réveil fracasse les restes de ma pitoyable nuit. Comment peut-il être déjà sept heures et demie quand je jurerais n'avoir pas fermé l'œil une seconde ? Mon esprit refuse de disperser les brumes obstinées qui le nimbent. Je pressens que cette sensation diffuse et désagréable ne présage rien de bon : la réalité finira par me rattraper, c'est certain. Mais que se passe-t-il ? Je suis pourtant rentrée sitôt le concert achevé hier, sans même prendre le temps d'échanger quelques impressions autour d'un verre partagé : non que l'idée ne m'ait tentée mais je tenais vraiment à me ménager de précieuses heures de sommeil. La période est chargée et j'ai envie de profiter de chaque représentation au mieux de mes sensations, aussi j'ai décidé de me préserver, pour quelques soirs en tout cas. Il sera toujours temps de prolonger les soirées lorsque la production approchera de sa fin. Pour ce que cette nuit m'a reposée, je regrette *a posteriori* de ne pas avoir profité de l'après-concert avec mes amis de l'orchestre ; au moins mon piteux état se justifierait-il.

Je tâte précautionneusement mon front, racle ma gorge, remue doucement mes poignets puis mes doigts, tourne la tête à gauche, à droite. Constatant que chaque membre m'obéit docilement j'écarte avec soulagement toute hypothèse de rhume ou autre tendinite. Force est de constater qu'apparemment, mon corps va bien. M'asseyant lourdement sur le bord du lit je laisse affluer mes pensées et surtout la petite mélodie épuisante qui, j'en prends brusquement conscience, semble ne pas s'être interrompue de toute la nuit dans ma tête.

Ainsi tourbillonne en boucle la petite valse faussement naïve de la fin du premier acte de *Faust*, l'opéra que nous jouons cette semaine. Pendant que l'orchestre donne un air entraînant, Méphistophélès s'y emploie à corrompre Faust, Marguerite, et tout leur village avec eux ; la partition de Gounod se révèle assez délicate pour les premiers violons. Chaque soir nous entraînons avec nous des centaines de spectateurs dans cette œuvre intemporelle aux reflets tragiquement modernes : la chute d'un héros en quête de jeunesse éternelle. Les décors, les costumes, la mise en scène, chaque minuscule rouage contribue au spectacle grandiose et je devrais nager dans une félicité absolue : j'attends toujours impatiemment la production d'un opéra, moment indiciblement précieux, parmi ceux que je préfère ! Voilà bien la raison pour laquelle je tenais farouchement à préserver mon sommeil : une fois à ma place dans la fosse d'orchestre, je ne veux pas perdre une seconde de ces vitales paillettes. On raconte des histoires aux gens, et dans leurs yeux brillants à la fin du spectacle se réfléchissent toutes les émotions intenses partagées qui m'ont fait choisir ce métier. Aussi, ma version libre et très personnelle de ce que j'appelle une routine d'athlète – tâcher de bien dormir et de boire beaucoup d'eau – était censée me garantir ce matin un réveil insouciant. Jusqu'ici en tout cas ce petit rituel avait toujours fonctionné.

Mais hier les choses ne se sont pas passées comme prévu. Fondamentalement l'incident n'a rien de très grave, puisque que ce sont les aigus qui m'ont lâchement abandonnée. Je me suis aperçue vers la fin du premier acte que je ne parvenais plus à trouver de résonance lorsque je jouais sur ma corde de *mi* – la chanterelle –, et toutes mes fins de phrases se sont mises à claquer comme du carton. Je courais, m'élançais, m'envolais, et… pouic. Envolée lyrique ou gamme vertigineuse, toute tentative s'achevait inexplicablement sur ce lamentable pouic, en lieu et place de l'ample réverbération d'une note joliment vibrée pour conclure. Entre deux regards contrits à l'intention de mon voisin j'avais beau tenter de prendre la corde par surprise, de l'aborder en douceur, rien n'y faisait et la représentation s'est achevée pour moi sur un énorme sentiment de frustration. Mon voisin a eu beau m'assurer ensuite qu'il ne s'était rendu compte de rien, je lisais dans ses yeux compatissants qu'il me mentait : hier je ne savais plus jouer, je ne savais plus rien.

Il me faut trouver une solution, et vite : nous jouons de nouveau ce soir. Heureusement le luthier qui s'occupe habituellement de mon violon travaille aujourd'hui à son atelier et après de longs et minutieux tâtonnements nous finissons par déceler un minuscule décollement de la touche, tout près du sillet. C'était donc cela ! Quel soulagement, moi qui me préparais déjà au pire et à l'irréparable : en une heure à peine, tout s'arrange ! Le joli morceau d'ébène est recollé, bichonné, et je peux rapporter mon violon à la maison. Fébrile, j'ouvre l'étui, m'accorde rapidement, et célèbre ces retrouvailles par une joyeuse gamme : ainsi j'entendrai bien sonner chaque note ressuscitée. Jamais je n'ai tant aimé *sol* majeur. Avec quelle euphorie je savoure le plaisir de ces retrouvailles !

Après dix-neuf ans de vie commune mon compagnon de bois vient de subir là sa première, unique et légère avarie. Je ne saurais l'en blâmer : l'incident étant clos, tout peut recommencer comme avant. Après une douche rapide, je m'habille de noir de la tête aux pieds et prends soin de choisir un chemisier à manches longues : la blancheur d'une peau trop exposée ne saurait impunément attirer l'œil du spectateur ni détourner celui-ci de l'action scénique. Je me maquille légèrement ; dans l'obscurité de la fosse, personne n'y prêtera attention mais cela participe à mon cérémonial. J'enfile une paire de baskets et fourre mes somptueux – mais si cruellement inconfortables – escarpins dans un sac, je ne les enfilerai qu'au dernier moment : ultime cérémonial avant l'entrée dans la fosse d'orchestre. Prête, sourire aux lèvres, je me hâte vers l'arrêt de tram le plus proche : cap sur la salle de spectacle ! Quelques stations plus loin m'y voici déjà, deux bises claquées de-ci de-là, un échauffement rapide en coulisse, un grand verre d'eau, un soupçon de colophane sur l'archet et le top d'entrée en scène retentit. Ne plus réfléchir, tout ira bien…

Quelle est alors cette gêne qui m'envahit dès la fin de l'ouverture, seulement une dizaine de minutes après le début de l'opéra ? Dans un état second, les yeux ouverts, l'oreille aux aguets, c'est à peine si j'ose effleurer les cordes avec l'archet tant la crainte d'un nouvel écueil me tétanise. Oubliée l'insouciance de l'après-midi, je ne parviens pas à me plonger dans l'intrigue et redoute déjà le début du deuxième acte, l'instant où je me demanderai avec angoisse si mon arrivée sur ce *sol* aigu trouvera sa juste résonance ; alors que la kermesse des villageois battra son plein sur scène dans la *Ronde du Veau d'or*, entendrai-je une fois encore cet infime bruit métallique, annonciateur d'un nouveau son de carton, du décollement redouté ? Anxieuse, je guette le pouic tant exécré.

J'ai pourtant vérifié cet après-midi que toutes mes sonorités avaient retrouvé leur éclat mais je crains maintenant qu'elles ne fuient de nouveau sans prévenir et cela me rend folle de frustration. Quand je ne voudrais entendre que la musique et son écho profond me voici submergée par une foule de questions nouvelles qui ne se soucient ni du décor ni de la cadence et viennent entacher la légèreté des paillettes tant attendues. Le lien qui m'unit à mon violon s'assombrit de doute. Le doute, le doute, le doute partout. Comment une si petite faille possède-t-elle ce pouvoir immense ?

J'aurais voulu me confier à Helena hier soir mais j'ai vite compris qu'elle ne m'écoutait pas vraiment ; non contente de ne plus être connectée avec mon violon, j'ai apparemment aussi perdu le fil avec mon amie, qui se trouve momentanément aux abonnés absents. À sa décharge je ne suis pas plus présente pour elle ces jours-ci qu'elle ne l'est pour moi : nous suivons deux pistes opposées. En effet, elle vient de façon totalement imprévisible d'acheter un violon fait par Benjamin ! Notre nouvel ami le luthier fantasque et bouillonnant achevait tout juste la fabrication d'un instrument lorsqu'elle a décidé de lui rendre visite à son atelier. Non contente de découvrir les lieux elle est tombée amoureuse d'un violon.

Voilà qui n'était pas au programme : Helena ne songeait pas à nouvel instrument, elle qui en possède déjà deux d'excellente facture, différents et complémentaires l'un de l'autre ; celui qui a emprisonné son âme ne lui était pas destiné et ne possède ni la silhouette ni même le son qu'elle a toujours cru aimer. Dans l'atelier de Benjamin, elle a joué quelques notes sur ce violon tout juste verni ; seulement pour l'essayer et permettre au luthier d'entendre la sonorité de ses premières notes pensait-elle mais immédiatement, irrésistiblement, elle a ressenti le besoin de s'enfuir avec l'instrument sur-le-champ et que personne d'autre qu'elle ne le touche jamais.

Toute raison semblait brutalement balayée, me raconte-t-elle d'une voix animée, plus sonore qu'à son habitude : ne restaient dans la pièce que le violon et elle. Au bout de quelques heures, comprenant qu'il n'assistait pas à un simple caprice mais à une véritable alchimie, Benjamin s'est résolu à rappeler le commanditaire du violon et annuler la vente ; j'ignore comment il est parvenu à se justifier auprès de son pauvre interlocuteur, bon pour attendre un autre violon, mais le luthier savait que rien ni personne ne pourrait lutter contre un tel désir impérieux et fantastique. Mon amie était ensorcelée. J'ignore quels sacrifices elle a consenti pour parvenir, en deux temps et trois mouvements, à rassembler la somme nécessaire pour que le violon devienne officiellement sien. Ses deux autres violons cohabiteront désormais avec un nouveau venu directement propulsé au rang de favori. Faust et le décollement diabolique de la touche de mon instrument ont déjà bien agité ma conscience tranquille ; voilà maintenant que Satan conduit le bal et qu'Helena se laisse subjuguer par les courbes parfaites de son envoûtant partenaire pendant je me désole de ne plus trouver l'harmonie avec le mien !

Après le concert je n'ai pas le cœur à me mêler aux traditionnelles prolongations : je n'ai d'appétit ni pour le buffet, pourtant bien garni, ni pour les plaisanteries animées d'après-spectacle et rentre une nouvelle fois me morfondre dans une solitude complaisante. Au fil des pas qui me conduisent à la maison retentit une question, plus forte que les autres, jusqu'à ce que je ne puisse plus faire autrement que de l'entendre. Les mots se mélangent dans ma tête ou peut-être est-ce mon esprit qui les chamboule, pour que je n'aie pas encore à les prononcer distinctement ; mais ils sont têtus et s'imposent. Poursuivre. La. Route. Sans. Mon. Violon. Point. D'interrogation. Point d'interrogation ?

Au léger tremblement parcourant l'archet il perçoit son trouble. Voilà maintenant qu'elle gomme rageusement toutes les annotations de la partition, au risque d'endommager celle-ci. Munie d'un crayon, elle note de nouveaux doigtés qu'elle teste les uns après les autres pour les abandonner aussitôt. Ses doigts volent sur le manche et elle répète encore et encore le même passage en mi *majeur. L'œuvre débute par une mélodie aux faux airs de danse populaire et s'enrichit par la suite d'un contrechant en doubles cordes, finissant par donner à l'auditeur l'impression que la violoniste s'est dédoublée. Elle joue tantôt* leggiero *tantôt* sostenuto *mais il devine que tout est machinal : le cœur n'y est pas, elle est préoccupée. Le morceau qu'elle a choisi aujourd'hui ne monte jamais au-delà du* si. *Il y a des semaines qu'elle ne joue plus dans les aigus : elle a peur et il se sait fautif. Au début presque imperceptible, la faille est devenue gouffre. Comme conclusion de la rupture annoncée se profile déjà, inexorable, la solitude.*

VIII – Dans le labyrinthe

Ma feuille de route à la main, je ne décolère pas : quel esprit tordu a donc décidé de programmer un concert hommage à notre chef disparu neuf ans après sa mort ? Neuf ans, quelle blague ! À l'occasion des dix ans, mille fois oui : cela aurait alors sonné comme un témoignage à chiffre rond, révérence de tout l'orchestre à son chef regretté. Mais neuf ans c'est moche, ça ne ressemble à rien. Neuf ans, c'est bancal. Neuf ans, cela sonne comme un rendez-vous manqué. Sans parler du programme : qui a bien pu sérieusement imaginer que pour ce bizarre anniversaire, il serait opportun d'interpréter la *Troisième symphonie* de Beethoven ? Cet individu, quel qu'il soit, n'était certainement pas présent le soir fatidique et ne réalise pas à quel point il nous sera difficile de jouer cette œuvre. À moi en tout cas. Notre chef vénérait Berlioz, Saint-Saëns, Bernstein, et nous, nous rejouerons Beethoven qui l'a tué. Bon sang qu'ils m'énervent ceux qui répètent, comme pour se consoler, qu'il s'agit somme toute d'une belle mort pour un chef d'orchestre : tirer sa révérence en pleine répétition, baguette à la main, sur ce deuxième mouvement d'un romantisme tragique. Je ne suis pas d'accord : parlons à l'extrême rigueur d'une mort respectable mais mourir, ce n'est pas beau ! Mourir, c'est laid et cela n'a rien à voir avec la musique ! Je tourne dans mon studio de travail comme une lionne en cage : je dois absolument trouver le moyen de me calmer ou je ne serai bonne à rien. Inspire profondément, expire. Encore.

Marcia funebre. Rien que le fait de penser à la nudité et à la solitude de ce début me donne la chair de poule. La résonance funeste des cordes de *sol* à vide, qu'il faudra murmurer sans pleurer. La déchirante beauté du solo de hautbois sur les cordes haletantes. Le concert a lieu le week-end prochain, mais je ne me résous toujours pas à me mettre au travail. Mon violon gît inutilement dans sa boîte et tous les prétextes sont bons pour l'éviter. Cet après-midi j'ai décidé de prendre l'air : je ne vois guère d'autre solution qu'une promenade comme remède efficace à ma tristesse.

« Si le premier passant qui se présente face à moi sur le trottoir est un homme, je tourne à gauche ; si c'est une femme, alors j'irai à droite. Dès que j'aurai aperçu trois pigeons, je changerai de trottoir mais le pied droit devra s'engager d'abord. Sauf si l'un des pigeons s'envole avant que j'arrive à leur niveau ; auquel cas je poursuivrai sur le même trottoir. Au prochain carrefour, je regarderai tout autour de moi et opterai pour la rue la plus déserte. »

J'aime livrer mes errances à l'improvisation et ces digressions ne manquent jamais de m'inspirer. C'est au cours de ces promenades qui, vues du ciel, ressemblent très certainement à une pelote de laine emmêlée, que finit par me venir la plupart du temps le mot ou l'idée que je cherchais, comme soufflés par les nuages. Les labyrinthes m'apaisent. Aujourd'hui encore les hasards de ce circuit me conduisent pourtant précisément au bon endroit. Enfin : discrètement niché au bout d'une rue étroite derrière la cathédrale, exhalant tout autour de lui le parfum d'une invitation mystérieuse et sans l'avoir pourtant jamais vu, je reconnais avec certitude l'atelier de Benjamin. Dans un mur de briquettes habilement restauré s'enchâsse une immense fenêtre aux boiseries peintes en rouge. Un rideau à carreaux à demi tiré dissimule pudiquement l'intérieur que j'imagine coquet. Je frappe puis sans attendre fais jouer la poignée de la porte : c'est ouvert.

Irrésistiblement happée par l'atmosphère, je jurerais avoir changé d'espace-temps si chaque seconde n'était égrenée par les nombreuses pendules et horloges, accrochées ici et là aux pierres apparentes du mur et dont les tic-tac hypnotiques ronronnent en chœur. Curieusement, l'impression d'un moment suspendu s'en trouve renforcée. La grande pièce file en longueur jusqu'à une fenêtre au fond de la minuscule cuisine ouverte, donnant elle-même sur une petite cour. Au sol, le parquet ancien se couvre paresseusement de copeaux de bois. Le bois précisément règne ici en seigneur et maître : depuis les poutres du plafond jusqu'aux instruments à divers stades de fabrication, accrochés aux murs ou posés sur des établis. Un manche encore tout rugueux ici, une carcasse de violoncelle en chantier, posée de guingois sur la commode. Une forme modèle de Stradivarius là ; une autre à côté, légèrement différente, un peu plus allongée, de Guarnerius del Gesù. Sur une étagère trône une volute de violoncelle sculptée et très travaillée, représentant une tête de femme aux longs cheveux. Des bûches brûlent dans le poêle à côté d'un vieux canapé qui semble enraciné dans le parquet. Contre l'établi du bois encore, venu de contrées plus exotiques, s'aligne en planches destinées à la fabrication des archets. Des morceaux d'érable plus épais entreposés dans un coin ; de cette matière brute se formeront bientôt quelques fonds de violons, joyaux à naître qui s'ignorent encore.

À l'odeur organique du bois se mêle celle, légèrement âcre, des livres. Neufs ou anciens, des volumes de toute taille, des bibles de lutherie sans doute, remplies de savoirs ancestraux inspirés par les modèles tricentenaires de Crémone… Autant de sources d'inspiration pour le luthier ou pour le passionné qui passerait par là. Accrochés sur tout un pan de mur, divers outils attendent que vienne leur tour de caresser le bois dans le sens de la fibre. Rabots, ciseaux à bois, grattoirs, trusquins côtoient les subtiles pinces et pointes aux âmes. Chacun interviendra en son temps, il y aura un rôle à jouer pour tous.

La touche finale au décor, ce petit je-ne-sais-quoi supplémentaire qui accroche mon âme, ce sont les bouteilles de vin disposées ici et là. Il y en a un peu partout ; les unes déjà vides, d'autres encore pleines de toutes leurs promesses. *Bout de ficelle, La Fête au carré, Cabernet dansant* ! Des étiquettes aux noms si inventifs que le moment de leur dégustation semble préparé comme un spectacle : chaque bouteille paraît prête à se mettre en mouvement sous mes yeux, s'élevant dans l'espace l'une après l'autre aux rythmes frénétiques de *L'Apprenti sorcier* chorégraphié par un Disney assoiffé. J'applaudis ! Stimulée par ce décor enchanteur mon imagination réjouie cabriole d'un détail à l'autre.

Surgit alors sur le canapé l'illusion floue d'un visiteur absorbé ; victime d'un enchantement délicieux il a, sitôt franchi le seuil, tout oublié du but initial de sa visite. D'une démarche pensive il a marché jusqu'au sofa. Au réveil d'un léger somme protégé par la magie des lieux, il regarde maintenant danser autour de lui les esprits de ceux qui ne nous quittent jamais vraiment. En passant à côté de lui, je murmure, tout doucement pour ne pas le déranger, ces vers d'Aragon :

Tu rêves les yeux large ouverts
Que se passe-t-il donc que j'ignore
Devant toi dans l'imaginaire
Cet empire à toi ce pays sans porte
Et pour moi sans passeport

Ceux que traverse la musique
On dirait qu'ils sont les branches d'un bois
Pliant sous des oiseaux qui se perchent

Je meurs d'envie de prendre place, moi aussi, sur ces coussins et de me replonger dans un chapitre du livre dévoré hier : aussi naturel que le hasard qui m'a guidée ici résonne en ces lieux comme un écho au récit qui a accompagné ma soirée puis peuplé mes rêves nocturnes. Dans ses *Dernières nouvelles du Sud*, Luis Sepúlveda parcourt la Patagonie du nord au sud en compagnie d'un ami photographe. Dans un des chapitres, les deux compères croisent un homme voyageant seul et à pied dans cette région désertique, en quête d'un mystérieux violon. Le narrateur se joint spontanément à la recherche de l'instrument perdu mais après un bref échange il comprend que le violon tant recherché n'existe pas encore : son interlocuteur traque, au beau milieu de nulle part, le bois qui sera digne de le fabriquer. Je le sais, je le sens : de tels trésors se dénichent forcément dans l'atelier qui m'accueille.

« Bonjour. Je peux faire quelque chose pour toi ? »

Brutalement extirpée de mes pensées je me tourne vers la voix bien réelle qui me parle : ce n'est pas celle de Benjamin. Le jeune homme avenant qui m'accueille se présente : Léo, archetier. Il partage cet atelier avec son ami, m'explique-t-il. Et Benjamin ? Celui-ci s'est absenté aujourd'hui pour la plus importante des raisons : il aide son premier enfant à venir au monde, m'apprend Léo. Je décline sa proposition d'une tasse de café : il est temps de rentrer à la maison et de laisser mon promeneur rêver au coin du feu tandis que paisiblement les heures s'écouleront. Le bois sèchera davantage et le vin se laissera savamment désirer. Labyrinthe ou non je connais maintenant le chemin et je reviendrai, c'est certain.

Le morceau de bois brut mesure environ 50 centimètres de long sur une vingtaine de centimètres de large. Blond, épais d'environ sept ou huit centimètres, il est sagement allongé parmi d'autres. Ce qui arrivera bientôt, voici des années qu'il s'y prépare ; tout autour de lui l'air vibre.

IX – Étés indiens

Septembre 2011, Chennai (Inde)

Mon violon en bandoulière, je me faufile tant bien que mal dans le trafic de Chennai, déjà dense à cette heure matinale. Une meute de chiens allongés sur la chaussée m'observe d'un œil indifférent. Non contentes de passer la moitié de notre temps ensemble au sein du quatuor Mathilde et moi avons atterri ici la première fois voilà deux ans, un peu par hasard, sur l'invitation d'une amie. Voyageuses et curieuses : Mathilde et moi nous sommes toujours bien entendues pour ce genre d'aventure et avions déjà partagé quelques échappées lointaines, sac au dos. Mais à peine deux jours en Inde nous ont suffi pour comprendre que cette fois, le bouleversement serait plus profond ; les yeux et les oreilles béants, on ne savait plus où donner de la tête parmi toutes ces sollicitations nouvelles. Couleurs ! Sons ! Odeurs ! Mouvements ! Ce mélange définissait la teneur de l'attraction brutale ressentie et nous brûlions d'approcher au plus près ce qui nous atteignait ainsi en plein cœur. La même urgence presque animale retentissait en nous : plonger au cœur de ce tourbillon, quitte à s'y perdre. En tant que simples touristes nous ne pouvions parvenir au degré d'intimité que nous souhaitions avec l'Inde bouillonnante : pour s'enfoncer jusque dans son ventre nous ne connaissions qu'un moyen. Quelques mois après notre premier séjour nous atterrissions de nouveau à Chennai avec nos violons cette fois, le langage universel de la musique brandi en guise de sésame.

Nous voici de retour ici pour la quatrième fois déjà. La chaleur est étouffante en ce moment, chaque jour l'atmosphère semble peser de plus en plus lourd sur la ville jusqu'à ce qu'immanquablement la pluie tombe en fin de journée. Les averses ne durent jamais longtemps et ne rafraîchissent rien mais elles causent d'impressionnantes inondations et de nombreux embouteillages. Hier soir par exemple, alors que parmi des dizaines de familles indiennes nous écoutions tranquillement un concert de *bansuri* sur la plage : l'eau s'est abattue d'un coup comme un rideau, brutale, drue, avortant en une fraction de seconde la belle soirée qui s'annonçait. Nos fesses inconscientes étaient encore posées dans le sable que déjà la foule courait tout autour de nous, prenant d'assaut les rickshaws trop peu nombreux pour que chacun soit assuré de rentrer à bon port. Entraînées par le mouvement nous avons fini par courir avec les autres ; par chance nous avons trouvé un chauffeur et regagné notre chambre sans trop de difficultés même si la circulation ralentie a considérablement prolongé notre temps de trajet.

Mes séjours indiens sont les seuls moments où j'abandonne mon instrument habituel à la maison ; ici, il fait trop chaud, trop humide, il souffrirait énormément. C'est un autre violon plus tout-terrain que j'ai apporté avec moi. Ce robuste instrument chinois des années deux-mille encaisse évidemment mieux les chocs que mon délicat violon du dix-neuvième, mais son jeu est moins subtil… Un peu de finesse ne nuirait pourtant pas dans notre apprentissage chaotique de la musique carnatique : tout y est tellement précis et exigeant que je m'y sens la plupart du temps complètement gauche.

Mathilde et moi logeons tout près du grand temple coloré de Kapaleeswarar dans le quartier de Mylapore. Au fil du temps et des allers-retours, nous avons pris là nos petites habitudes. Chaque matin nous marquons une courte halte pour avaler un *chai* brûlant, toujours chez le même vendeur ; désormais celui-ci nous regarde arriver de loin avec le grand sourire réservé aux habitués ; en contraste avec sa peau sombre ses dents paraissent d'une blancheur aveuglante. Debout derrière son petit stand bleu tout au bord du trottoir, il s'affaire à maintenir tout au long de la journée l'ébullition de son breuvage, qu'il filtre ensuite avant de le sucrer abondamment. Et chaque matin se produit le même miracle : pendant les quelques minutes de la dégustation du *chai,* ni les klaxons stridents des bus antiques ni le flot continu de la foule n'ont plus de prise sur moi. Ensuite, vite, nous nous faufilons entre motos et rickshaws pour atteindre l'autre côté de la grande artère. Encore un peu plus loin, à l'écart de toute cette agitation bruyante, vit notre *guru :* professeure Kalyani Shankar.

À notre arrivée ici la première fois nous avons arpenté les rues du quartier et questionné sans relâche tous les vendeurs d'instruments de musique, à la recherche de quelqu'un qui accepterait de nous enseigner le savoir ancestral de la tradition carnatique : un seul nom revenait sur toutes les bouches, celui de Kalyani. La rumeur de notre quête n'a pas tardé à parvenir jusqu'à celle-ci et elle a accepté de nous ouvrir sa porte. Issue d'une longue lignée de la haute caste des brahmanes, Kalyani vit avec les femmes de sa famille : sa mère et ses filles. Son mari, nous ne l'avons vu qu'en photo : à l'instar de nombreux Indiens il travaille et vit la plupart du temps à Dubaï. Là-bas, il travaille et gagne de quoi subvenir convenablement aux besoins des siens. En son absence, c'est Kalyani qui se charge de tous les rituels hindous au sein du foyer : au rythme des cérémonies elle s'acquitte de sa mission et les divinités sont honorées et choyées dans cette maison, avec une légère préférence pour Sarasvati, déesse de la connaissance et des arts. Le minuscule temple dans l'entrée est toujours garni d'offrandes et de jasmin frais à l'odeur entêtante.

Malgré l'heure matinale nous arrivons rouges et essoufflées : la chaleur est difficilement supportable et quelques minutes de slalom sur les trottoirs encombrés ont suffi pour gommer toute trace de nos douches pourtant récentes. Vite, nous préparons nos violons avant que Kalyani ne s'impatiente ; nous tâchons de ne pas le montrer mais redoutons les remontrances ponctuellement assenées de sa voix sévère. Ajoutées à la chaleur et à la fatigue, celles-ci sonnent à nos oreilles plus durement que notre *guru* ne le pense ; nous ne rions presque jamais en sa présence. Assises en tailleur à même le sol de la pièce à vivre, sous le vrombissement du ventilateur géant tournant au plafond, nous accordons nos instruments. Non pas sur un *sol*, un *ré*, un *la* et un *mi*, mais sur *Sa, Pa*, puis encore *Sa*, et *Pa :* une double quinte. Tout en observant nos préparatifs notre professeure répond à un appel téléphonique et sa voix sonore domine allègrement le volume de la télévision pourtant à son maximum. À un bout de la table de la cuisine, sa mère épluche les légumes du prochain repas et jette les épluchures dans un seau. À l'autre bout, la fille cadette de Kalyani, étudiante, prépare ses examens. Au cœur de ce triangle féminin, très loin du silence feutré de nos salles du conservatoire, voici notre premier devoir : rester concentrées quand tout nous invite au contraire ou, mieux, trouver de nouvelles sources de concentration.

Délicatement je cale la tête de mon violon sur ma cheville et m'empare de mon archet. Voici la deuxième leçon apprise en Inde : jouer du violon doit s'envisager sous bien des postures et mon instrument et moi avons dû trouver de nouveaux repères. Le cours démarre chaque matin en chantant notre mode du jour, notre *rāga* : *Aro* en montant, *Ava* en descendant. *Sa Ri Ga Ma Pa Da Sa, Sa Ni Da Pa Ma Ga Ri Sa*. Le *rāga* du jour se nomme *Kamboji* et je ne dois surtout pas oublier que son mode ascendant comportera une note de moins que son mode descendant : pas de *Ni* dans le *Aro*, seulement dans le *Ava*. Concentrée à l'extrême, je ne me trompe pas cette fois ; le regard sombre lancé par Kalyani la veille m'est resté en mémoire.

Nous devons apprendre soixante-douze modes. Soixante-douze : nombre vertigineux, loin de nos chers vieux modes majeur et mineur de la musique occidentale. Ensuite, il faut en maîtriser les ornements. Un monde inconnu nous apparaît, dont nous comprenons déjà qu'il ne se dévoilera que lentement. De temps à autre notre *guru* s'empare de son violon, joue quelques notes, cherche les mots exacts dans cet anglais rocailleux qui nous permet de communiquer.

« Comme une femme choisirait les bons fards pour maquiller son visage, tu dois trouver la juste décoration pour ta note. Puis tu l'appliques soigneusement et enfin elle pourra exprimer sa beauté. Maintenant, chante encore. Imprègne-toi des ornements. »

Étape après étape nous franchissons les degrés de notre initiation carnatique. Ici on se déchausse, littéralement : sur le paillasson à côté de nos tongs, ce sont tous nos repères que nous déposons à la porte en entrant chez Kalyani. Il faut trouver une position sinon confortable, du moins acceptable pour nos corps d'Occidentales peu rompus à l'assise en tailleur pendant des heures ; accepter sans broncher les remontrances, veiller à ce que nos esprits demeurent souples ; ouvrir grand nos oreilles à un nouvel accord de l'instrument, à de nouvelles gammes elles aussi plus mouvantes. Et nous comprenons que derrière son apparente austérité Kalyani est infiniment généreuse et disposée à nous guider au cœur de sa culture, telle que celle-ci est parvenue jusqu'à elle de génération en génération.

Ce cadeau revêt un caractère sacré : la musique classique indienne est exclusivement dédiée aux dieux. Moi qui ne fréquente ni messe ni célébration, je chante ici chaque jour pour m'exercer des petites chansons, les *Gîtam* louant les divinités indiennes ! Hier soir Mathilde et moi, avec le plus grand sérieux, assises par terre sous le néon faiblissant, avons répété plusieurs fois un chant de dévotion au dieu Ganesh pour le chanter sans faute à Kalyani aujourd'hui. Ce que la *guru* nous transmet à travers cette musique, c'est le respect d'une tradition millénaire. Nos voix d'étrangères se font passerelles entre la réalité terrestre et des divinités inconnues. Le violon n'a aucune importance : nous pourrions jouer aussi bien de la clarinette, de l'harmonium ou de la flûte, il faudrait de toute façon d'abord en passer par le chant pour s'imprégner de cette musique. Seules comptent les vibrations de nos esprits et le bruit mat de nos paumes frappant en cadence tandis que l'Inde nous engloutit.

Sri GaNanaatha Sindhura varNa
KaruNa saagara karivadanaa
Lambodara lakumikara
Ambaasutha amaravinutha.

Ô toi maître de nos âmes
Au teint vermillon
Toi l'océan de compassion
Tu as le visage du puissant éléphant
Et un ventre rebondi
Tu tiens la déesse Lakshmi
Dans ta main.

X – Le parfum de la cardamome

Printemps 2019, Orléans (France)

Perplexe devant le garde-manger ouvert je m'interroge : où est le café ? J'aurais juré qu'il m'en restait au moins un paquet puisque, tatillonne, je veille généralement à conserver un stock de ce nectar vital en réserve mais aujourd'hui mon système bien rodé se heurte apparemment à sa première faille : voilà un bon quart d'heure que je fouille en vain. Diantre quel désordre dans ce placard : on le croirait sans fond. Moi qui aime tant que mes affaires soient ordonnées, depuis quand ai-je à ce point perdu le fil ? Au petit bonheur la chance je plonge de nouveau mon bras parmi les étagères. Sur la table s'étalent déjà les trouvailles exhumées : un paquet de bouillon de volaille, un autre encore tout neuf de farine pour le pain qui, d'après l'emballage, contient également des graines de tournesol et même la levure intégrée. Un cadeau probablement, je ne me souviens pas avoir jamais acheté pareille marchandise. La date de péremption s'en trouve d'ailleurs largement dépassée : hop, poubelle. Toujours à tâtons ma main heurte une nouvelle boîte que j'extirpe à son tour. Lorsque j'ouvre le couvercle, une odeur oubliée et pourtant si familière s'en échappe : du thé noir, rapporté d'un voyage en Inde, pour préparer le *chai* ! Les feuilles brunes enroulées sont bien épaisses, un peu sèches aussi… Soudain l'époque de mon apprentissage carnatique me paraît loin ; comment cette boîte a-t-elle pu reculer peu à peu jusqu'à se laisser engloutir tout au fond d'un placard ? Au parfum retrouvé de la cardamome, mon envie de café s'évapore aussitôt.

J'attrape une casserole dans laquelle je commence par faire couler de l'eau, que j'arrose ensuite d'une pluie de feuilles de thé. Si la réserve de café m'a fait défaut le panier à épices, lui, reste généreusement garni. J'y puise quelques graines de cardamome, de la cannelle et un peu de gingembre. Et maintenant pleins feux, jusqu'à l'ébullition ! Un nuage de vapeur se dégage au-dessus de la casserole et le doux parfum envahit voluptueusement la cuisine. Je hume précautionneusement la bouteille ouverte de lait entier dénichée dans le réfrigérateur et la chance me sourit : il est encore bon. Afin de meubler les quelques minutes d'attente nécessaire j'esquisse un ou deux pas de danse à travers la cuisine : entrelacée aux arômes de la cardamome c'est la légèreté qui se répand dans la maison ! Enfin, à la manière du vendeur de rue aux dents blanches de Mylapore, d'un geste théâtral je lève le pot de lait aussi haut que possible au-dessus de la casserole : le délicat ruban liquide d'un blanc immaculé vient alors se mêler au bouillon noir et parfumé. Il suffit maintenant de baisser légèrement le feu et de laisser la magie opérer. Je contemple les chaudes nuances de brun clair, s'étirant vers le caramel au cœur des petits remous qui agitent la surface du breuvage ; ne manque plus que le sucre, en dose généreuse comme l'exige la recette. Enfin, je choisis deux timbales argentées rapportées un jour dans mes valises, et transvase patiemment le liquide de l'une à l'autre afin de mélanger parfaitement la boisson et de la porter à sa température idéale. Place à la dégustation !

Munie de mon *chai* je retourne à mon studio de travail et m'assois en tailleur sur le plancher, la tasse fumante à côté de moi. Je me sens quelque peu étourdie par la force avec laquelle l'Inde se rappelle subitement à moi… Voilà deux ans que je n'y suis pas retournée. J'étais tellement triste de la quitter la dernière fois, comme si je pressentais que je n'y reviendrais pas de sitôt. Les années avaient passé depuis notre premier voyage, la vieille mère fatiguée de Kalyani avait quitté ce monde, j'espère vers une réincarnation prospère. La fille cadette de notre *guru* s'était mariée et la dernière fois que l'ai vue chez sa mère, elle venait d'accoucher d'un joli petit garçon que la fière grand-mère Kalyani m'a présenté avant de me tendre un *chai*. Mathilde ne voyageant pas avec moi, j'étais venue seule cette fois-là. Avant de partir pour l'aéroport j'ai passé l'heure du crépuscule dans notre quartier, assise sur les marches du temple, et j'y ai griffonné un poème que j'ai déposé là en partant à la tombée de la nuit, à l'instant exact où résonnaient les premières notes de l'appel à la *puja* du soir. Ces quelques lignes tenaient lieu tout à la fois d'au revoir et de prière pour revenir bientôt et je m'en souviens encore par cœur.

Quand le jour s'est levé
J'ai vu briller des diamants sur la ville rose,
Planer les cerfs-volants par-dessus
Des palais d'eau et de vents,
Marché pieds nus sur du marbre blanc
Et touché le cœur du plus célèbre des mausolées ;
À l'aube j'ai gravi des collines gardées par des prêtres à dreadlocks,
Admiré le soleil émerger d'un lac sacré,
Joué dans le désert le plus ancien des instruments à cordes.
J'ai laissé filer des heures d'ennui paisible,
Mes journées ponctuées de masala chai.
J'ai vu s'envoler la poussière de granit, senti sous mes doigts la pierre modelée en statues d'idoles
Pendant que la mer chaque soir raccompagnait les barques des pêcheurs jusqu'à la plage.
J'ai bu de l'ananas, de la grenade et du citron, respiré le parfum du jasmin
Partagé la musique et la joie
Mêlé des mercis en hindi et en tamil
Et ce n'est pas encore assez pour exprimer à quel point

Tout cela était fantastique.
Incredible India
Je te quitte avec dans la tête des rêves pour les mille-et-une nuits à venir, au moins.

À travers la découverte inopinée d'une vieille boîte de thé l'Inde a donc décidé de revenir m'habiter avant que les mille-et-une nuits ne soient écoulées. Sur le plancher près de moi, la tasse est vide. Ce *chai* était délicieux ; je savoure le soulagement absurde de constater que j'en maîtrise toujours la préparation. À bien dérouler le fil des derniers jours il me vient à l'esprit que le fameux récit de l'épopée vers le Sud de Sepúlveda a probablement éveillé en moi le souvenir de nos étés indiens et, par ricochet, celui de notre propre aventure. À la seule pensée de celle-ci je m'évade de nouveau.

Après quelques jours de leçons chez la sévère Kalyani, Mathilde et moi finissions toujours par quitter joyeusement Chennai pour explorer le moindre recoin de ce pays dont nous voulions tout connaître. Nous ne suivions pas vraiment de plan : il suffisait de sauter dans un train ou d'attendre dans une gare et un car finissait toujours par arriver. De cette façon, on a cahoté un jour jusqu'à Bénarès. Une autre fois, vers les montagnes d'Ooti. Parvenues là, nous avons même décidé sur un coup de tête de pousser jusqu'à la côte ouest : Kochi ! Je n'oublierai jamais cette nuit entière passée debout dans un train tellement bondé que chacun pouvait tenir debout, bien droit, sans se tenir nulle part, calé de chaque côté par des groupes compacts de corps voisins. Pour la première fois de ma vie je vis alors des gens dormir à la verticale, littéralement abandonnés sans crainte au sommeil, maintenus par les corps voisins. En arrivant à Kochi au petit matin, nous étions tellement abruties de fatigue que nous avons passé la matinée à ricaner stupidement avant de nous écrouler endormies sans même avoir terminé nos *chai*, la tête posée sur une table dans un café.

Et puis surtout comment oublier LA Descente vers le Sud. Elle sonnait dans nos têtes exactement comme je l'écris : une descente majuscule, un périple ! Il s'agissait, au hasard de tous les moyens de transport rencontrés, de gagner depuis Chennai la pointe la plus méridionale de l'Inde, autrefois connue sous le nom de Cap Comorin. Son nom tamoul Kanyakumari se traduit très joliment par « terre de la princesse vierge », en référence à la déesse hindoue qu'on y vénère, et les cendres de Gandhi ont été dispersées dans ce lieu symbolique. Le charme romantique de ces quelques informations nous avait décidées : après le bruit et la poussière de Chennai, c'est là que nous voulions aller ! Je m'y voyais déjà : d'abord, on se trouverait un petit hôtel charmant, près de la plage. Puis on irait admirer les levers et couchers de soleil extraordinaires qu'on nous avait décrits. Le soir, on siroterait des bières tranquillement… Peut-être même un verre de vin si d'aventure nous parvenions à en dénicher : c'est peu de dire que nos rêves ne connaissaient pas de limites. Nous trépignions d'enthousiasme.

Un trajet d'environ huit-cents kilomètres nous a embarquées dans des trains ouverts à tous vents puis dans des bus bondés, nous avons poursuivi pieds nus dans des temples sur cette illustre route de pèlerinage hindou. Trichy, Thanjavur, Madurai, notre progression vers le Sud fut tracée au rythme des édifices religieux comme autant de cartes postales ô combien sonores et animées.

À Trichy dans un bus hors d'âge, les décibels assourdissants de la radio locale ont accompagné chaque mètre de notre ascension matinale vers le temple. Arrivées dans les hauteurs de la cité s'est alors offerte sous nos yeux une ville sacrée bâtie comme les matriochkas russes : on y trouvait un temple à l'intérieur du temple, à l'intérieur du temple. La pierre brûlante dévorait nos plantes de pieds mais c'est à peine si nous nous en sommes aperçues. Notre route se poursuivant toujours plus vers le sud on fit halte quelques jours plus tard à Madurai. Nous sommes arrivées un jour de mariages au temple de Mînâkshî, dédié à Shiva et, surtout, à son épouse Parvati. Quelle vision extraordinaire que tous ces couples, poudrés et parés de soies colorées mariés le même jour, venus parfois de très loin pour placer leur union sous la protection sacrée des divinités ! Je revois ces filles et ces garçons assis par paires tout autour du bassin, très solennels ; certains semblaient tellement jeunes, des enfants encore. Ce soir-là, épuisées par le voyage et le trop-plein de sensations, incapables de marcher un pas de plus, nous avons décidé de nous offrir pour regagner notre pension un trajet en rickshaw. Bientôt nous répétions-nous comme un pieux mantra, bientôt on pourrait se reposer complètement à Kanyakumari.

Je revois notre arrivée en gare un soir à la nuit tombée, dernières passagères écrasées de fatigue d'un train poussif ; nos sacs à dos comme soudainement chargés de pierres, nous cheminons péniblement jusqu'au premier hôtel que nous trouvons et nous écroulons sans même prendre une douche, jusqu'au matin. D'abord pleines d'excitation au réveil, le maigre paysage qui s'affiche alors sous nos yeux semble très éloigné de l'idée de terre promise et merveilleuse qu'on s'en était faite. Cinq minutes nous suffisent pour achever le tour de ce petit village de pêcheurs ; il n'y a pour se loger que quelques affreux hôtels en béton et pas grand-chose d'autre à voir qu'une immense et austère statue du saint tamoul Thiruvalluvar. À quelques encâblures au large se dresse sur un îlot rocheux un mémorial au maître spirituel Vivekananda ; une navette chargée de touristes indiens effectue d'incessants allers-retours entre la digue et le monument. Sur la plage, un minuscule musée dédié à Gandhi, lui aussi rempli de pèlerins. Et c'est tout.

Nous sommes restées quelques jours dans le village. Chaque matin nous nous sommes extirpées du lit aux aurores pour contempler le lever de soleil. Chaque soir nous avons raté le coucher de soleil car mystérieusement, le ciel se couvrait toujours une poignée de minutes avant l'heure dite, comme si nous ne l'avions pas assez désiré. Étonnamment la déception cruelle de l'arrivée s'est rapidement dissipée. Nos promenades nous ont fait croiser le chemin d'une adorable fille de pêcheurs avec qui nous passions nos après-midis sur la plage parmi barques et filets, communiquant grâce à un code gestuel inventé ensemble. Nous avons trouvé des bières fraîches. Une averse aussi inattendue que passagère nous a arrosées comme dans une vieille pub pour le savon *Tahiti Douche* lors d'une balade sur la route poussiéreuse. Paumes tendues vers le ciel, plantées là sur la route fumante, nous avons accueilli la pluie en criant de joie. Autant d'instantanés qui nous ont réconciliées avec cette pointe aride mais surtout, par-dessus tout, Kanyakumari avait abrité nos rêves en son sein : la *terre de la princesse vierge* avait si bien nourri nos fantasmes tout au long de cette expédition, avant même de boucler nos sacs à dos ! La seule évocation de ce petit bout de pointe méridionale suffisait à faire frémir nos esprits, si bien qu'aujourd'hui encore, son simple nom prononcé ravive en moi l'image d'un jardin d'Eden aux mille promesses. Cette descente vers le sud demeure dans mon souvenir une épopée tour à tour drôle, triste, bouleversante, déroutante, fatigante, épuisante même ; mais si férocement vivante que le trajet parcouru restera à jamais unique.

D'une fesse engourdie à l'autre je me balance sur le dur plancher de bois sombre, attendant que le sang circule de nouveau dans mes membres ; la nuit s'est installée. Depuis combien de temps suis-je là par terre, assise en tailleur entre mon violon carnatique et ma tasse vide ? Une légère odeur de cardamome subsiste mais la dernière gorgée de *chai* s'est figée depuis longtemps au fond de la tasse. Je range dans son étui le violon chinois, le « remplaçant », celui qui m'a si souvent accompagnée en Inde. Puis mon regard se détourne et s'attarde juste à côté sur mon beau violon, « le vrai », abandonné là, dont je n'ai pas joué depuis des jours. Ce cher vieux magnifique instrument. Nous avons partagé tant de moments depuis *La Jeune fille et la Mort*. Mais avec *Faust* toute ma confiance s'est envolée.

Soudain, là, par terre, un poids s'envole de mes épaules et je comprends. Mon précieux violon n'était pas seul responsable : moi aussi j'ai changé. J'ai grandi puis vieilli : la jeune fille s'est tapie quelque part au fond de moi et s'amuse peut-être même avec la princesse vierge de Kanyakumari. Mais la mort, elle, est encore bien trop lointaine pour me résigner !

Il est temps de me l'avouer : je suis prête pour un nouveau voyage. Plus que prête : je me consume. D'ennui peut-être un peu, de soif de nouveauté surtout : de réveil ! Je suis avide d'une pluie de nouvelles paillettes sonores qui viendraient saupoudrer ma façon de jouer d'une lumière inédite. Cette traversée-là, ma quête personnelle, me conduira à mon futur violon : mon nouveau terrain de jeu ! Mais une chose est sûre : je ne veux plus me charger de l'histoire d'un violon centenaire. Ce temps-là est fini pour moi, je veux bousculer mes habitudes tant qu'il n'est pas trop tard ; et puis je craindrais trop de rechercher inlassablement dans un autre le souvenir de mon magnifique Cunault. Cette fois il faudra créer mon violon et comme dans l'histoire de Sepúlveda : celui-ci n'est pas encore né !

Ce nouvel instrument sera pensé pour moi et avec moi. Et pour que cela soit possible, je vais devoir me séparer de celui qui m'accompagne depuis qu'au sein de mon quatuor à cordes je découvrais Schubert et Brahms… Financièrement je ne peux envisager de posséder deux nobles instruments mais je sais bien que la vraie raison est plus profonde : quand bien même j'en aurais les moyens, je ne me sens pas le cœur assez grand pour aimer l'un autant que l'autre. Il me faut abandonner le vieillard pour me sentir libre de désirer pleinement celui qui naîtra sous mes yeux, depuis la première fibre de bois jusqu'à la dernière touche de vernis. Et ce violon, je sais exactement qui le fabriquera.

Dans un rai de lumière la poussière danse de plus belle autour du morceau de bois blond. Après dix patientes années de silence, de la scierie à l'étagère, celui-ci est fin prêt. À son parfum fugace de résine se mêlent intimement le miel et la menthe sauvage et chaque fibre du défunt tronc exprime le souvenir des montagnes dans lesquelles l'arbre originel a grandi. Si de prime abord on le nommerait aisément l'épicéa, d'aucuns ont inventé pour lui un surnom bien plus poétique : l'or vert des luthiers.

XI – Exquis café noir

« D'accord. »

Secousse électrique dans mon cerveau. L'enchevêtrement de mes récentes interrogations se résoudrait-il donc sur ce simple mot : d'accord ? Benjamin a dit oui. Benjamin accepte de fabriquer un violon pour moi ! Pleine d'entrain ce matin j'ai retrouvé le chemin de son atelier mais point de labyrinthe cette fois, trop pressée que j'étais de libérer la question brûlant mes lèvres. Sans laisser la moindre chance aux détours ou à une quelconque rêverie je me suis engouffrée dans le local et, remerciant ma bonne étoile d'y trouver Benjamin, me suis jetée à l'eau. Oui, Benjamin m'a dit oui.

« D'accord ?
– D'accord. Décris-le-moi. »

Quelle vertigineuse question et surtout, comment y répondre, par où commencer cette mise à nu partant de l'âme ? L'Inde ? Hors sujet, quoique le parfum de la cardamome embaume mon esprit de manière indélébile. Disons trop tôt plutôt que hors sujet : l'Inde appartient indiscutablement au décor, mais pas au premier plan. Quoi alors, qui ? Chostakovitch, Schubert, le vin, Beethoven… non, non, pas Beethoven : cette troisième symphonie imposée en guise d'hommage anniversaire stupide me pèse encore sur l'estomac. Chostakovitch, Schubert et le vin inaugurent donc la liste en compagnie d'un quatuor à cordes de jeunes filles, des promenades au gré du hasard et des labyrinthes débouchant sur un atelier aux volets rouges de livre d'images. À ce squelette figuré de mon violon se greffe évidemment l'organique magie des *tutti* de l'orchestre. En guise de genèse, de cellule première d'une anatomie complexe, cette nuit d'allégresse traversée au comptoir cuivré du Café du Théâtre et puis des paillettes naturellement, mineures, majeures et *allegro vivace*. Je crains un instant d'avoir égaré Benjamin au détour d'une ornière de mon discours décousu mais constate d'un coup d'œil qu'il est toujours là avec moi, alors je continue ; et pour compléter l'inventaire je m'en remets encore une fois au hasard puisque celui-ci prend plaisir à me conduire exactement là où je veux aller. Petite, j'aimais bien jouer à ce jeu : *Qui est-ce ?* À partir des caractéristiques physiques d'un personnage, il s'agit d'éliminer peu à peu dans une galerie de portraits tous ceux qui ne correspondent pas au personnage mystère que l'on cherche à identifier. À la fin, il n'en reste plus qu'un, le bon. Je me lance.

« Ne le fais surtout pas trop grand. Pas trop rouge non plus, ni marron, ni foncé. Il faudrait que sa tête ne soit pas trop épaisse, mais gracieuse, aérienne. Ciselée ! »

La méthode *Qui est-ce ?* fait ses preuves : les idées s'enchaînent et me voilà intarissable. Je parle encore et encore et bientôt ce sont mes mains qui s'animent d'une vie propre pour soutenir mes paroles. D'un geste Benjamin m'invite à poursuivre tandis qu'il se lève pour préparer un café. Comme toute chose en cet atelier l'opération nécessite une bonne dose de patience : moudre le café d'abord dans un antique moulin en bois exigeant plusieurs dizaines de tours ! Plusieurs pauses sont nécessaires pour ménager le poignet. Lorsque la quantité de grains nécessaire est réduite en poudre, reste à verser dessus l'eau frémissante et patienter encore plusieurs minutes, sans quoi le breuvage ne serait pas porté à sa perfection. Filtrer enfin. L'odeur se répand dans tout l'atelier, si épaisse que je la sens presque s'enrouler autour de mon corps avec la douceur ouatée d'une écharpe de cachemire.

« Et surtout, je voudrais que ce violon soit facile à jouer. Je ne veux pas lutter contre lui pour en tirer le meilleur, on devra faire corps lui et moi. Il doit être mon complice et mon ami. En résumé, ne jamais me trahir. »

Le café est prêt. La tête inclinée, Benjamin le verse cérémonieusement dans de petites tasses colorées. La mienne s'orne d'un motif un peu naïf, rond et multicolore, des pétales de tulipe, représentés dans des tons chauds tout droit issus des années soixante-dix : brun, jaune, orange. Un café vintage au parfum d'optimisme ! Tout en savourant le breuvage brûlant et corsé j'observe les doigts fins mais solides de Benjamin. Ces mains-là vont tailler le bois jusqu'à en extraire un instrument de musique. Ce n'est pas la première fois que je remarque à quel point nourriture de l'âme et nourriture du corps obéissent aux mêmes impératifs : qu'elles soient de fruits ou de légumes, de la vigne ou de l'esprit, les cultures ont ceci en commun qu'elles transitent d'abord par les mains de l'homme.

Bien que nous buvions du café, notre conversation s'oriente incorrigiblement vers le vin, plus précisément vers ceux qui vinifient le raisin. Benjamin aime leur compagnie et compte plusieurs spécialistes parmi ses amis. Il me parle de son ami Alexandre, qui aime la musique autant que le vin et dont l'existence consiste à conjuguer ses deux passions de façon équilibrée : toute la journée il fabrique et soigne le vin, mais chaque soir il travaille passionnément ses gammes de jazz manouche. Il aspire au goût le plus originel possible, à travers ce qu'il écoute autant que dans ce qu'il goûte. Je comprends que l'amitié liant les deux hommes ne doit rien au hasard : comme Benjamin,

Alexandre travaille sans jamais se presser et accueille dans son vin les vibrations du vivant sans jamais en dénaturer la matière. Pour lui, seul importe le goût du fruit et il n'a de cesse de fuir les stéréotypes : tel un musicien il offre la part belle à l'invention.

« Il n'y a pas de thème, seulement de l'impro ! Le résultat est que mon vin est franc, même dans ses défauts », a-t-il affirmé à Benjamin. Et sa technique originale fonctionne m'explique le luthier : son ami s'en vante peu mais dans le milieu fermé de la gastronomie, on lui réserve les mêmes honneurs que ceux de l'orchestre envers un grand soliste.

J'en ai l'eau à la bouche. Un jour, me promet Benjamin, il nous présentera l'un à l'autre. Mon luthier s'enthousiasme déjà de son idée : on tirera les rideaux de l'atelier, on installera deux ou trois tables, il faudra faire de la place pour inviter quelques amis, une dizaine, pas plus. Et on goûtera les vins d'Alexandre, qui pourra les présenter à sa façon, tout en lyrisme chatoyant.

Je raconte à Benjamin ma fascination pour les étiquettes de vins travaillés par des personnages tels qu'Alexandre : à elles seules, celles-ci constituent bien souvent des petits bijoux à collectionner. Mais pourquoi s'en étonner finalement ? Bien au-delà des procédés de vinification Alexandre et ses confrères célèbrent une véritable philosophie ; ils ont fait le choix de bannir tout artifice superflu et placé leur confiance absolue dans les envoûtements de dame nature alors comment seraient-ils autres que poètes ? *Les Ailes d'ange*, *Contradiction sous voile*, *Bout de ficelle*… Benjamin et moi nous lançons dans un ping-pong verbal au fur et à mesure que des noms insolites ou charmeurs nous viennent : *Hibernatus*, *Cabernet dansant*, et *Le Raisin et l'Ange,* mon préféré.

Brusquement Benjamin se lève et file se saisir d'un livre tout corné dans la bibliothèque, puis le feuillette quelques instants avant de trouver la page qu'il cherchait. Dos au poêle et plus hirsute que jamais, il déclame alors d'un ton théâtral :

Sous les étoiles de septembre
Notre cour a l'air d'une chambre
Et le pressoir d'un lit ancien ;
Grisé par l'odeur des vendanges
Je suis pris d'un désir
Né du souvenir des païens.

« Tu connaissais ces vers ? *Sur le pressoir*, de Gaston Couté. Il est né tout près d'ici, tu le savais ? Un fameux poète lui aussi, qui n'aura pas vécu très vieux… »

Mon cœur s'exalte pour le travail de Benjamin, si intimement lié au verbe et aux choses de la nature. Dans sa lutherie épicurienne le beau est si proche du goûteux que tout est simplement question de bon sens. Je suis désormais convaincue d'avoir trouvé la bonne direction et si quelques doutes avaient par hasard subsisté, un dernier détail survient alors, qui ne leur laisse plus la moindre chance.

« Je cache toujours un petit message à l'intérieur des violons que je fabrique. De la poésie, de préférence. Baudelaire, Prévert… J'essaie de trouver des vers qui correspondent au destinataire du violon. Je recopie le poème, puis je le colle sur la face intérieure de la table. Mais à un endroit invisible ! Si quelqu'un regardait simplement par les fentes des ouïes, il ne le verrait pas. Il faut glisser un petit miroir à l'intérieur pour le découvrir. Ou détabler le violon, évidemment. Si un jour il a besoin qu'on l'ouvre… Mais c'est un événement rare dans la vie d'un violon ! »

J'applaudis avec enthousiasme cette signature parfaite. La question me démange déjà de savoir quel poème Benjamin choisira pour moi, mais au moment où j'ouvre la bouche pour le lui demander, il reprend la parole.

« Comme tu écris déjà de la poésie, je me disais : ce poème qu'on cachera dans ton violon, tu pourrais peut-être l'écrire toi-même ? »

Ivre d'excitation et de tout ce café, je quitte l'atelier avec l'envie de chanter à pleins poumons et le sentiment que l'histoire de mon instrument commence à cet instant.

Dans l'atelier les copeaux de bois ont été balayés, le plancher est net et l'établi dégagé. Tous les outils, bien affûtés, ont rejoint leurs crochets de rangement. Sur le rebord de la petite fenêtre sèchent deux tasses colorées. La cafetière est propre, prête pour les prochains cafés : ils seront nombreux.

XII – À la carte

Guarnerius ou Stradivarius, Stradivarius ou Guarnerius ? Telle est l'épineuse interrogation du jour. Giuseppe Guarneri et Antonio Stradivari, tous deux issus de dynasties de luthiers, firent la pluie et le beau temps de l'âge d'or de la lutherie crémonaise au début du dix-huitième siècle : chacun accomplit l'exploit d'imprimer à ses instruments deux formes respectives qui, aujourd'hui encore, font office d'étalon lors de la fabrication d'un violon. Benjamin me demande maintenant de départager Antonio et Giuseppe en me décidant pour l'un ou l'autre de leurs gabarits : celui d'un Guarnerius del Gesù allongé, aux ouïes très étirées. Ou celui, aux courbes subtilement arrondies, d'un Stradivarius à son apogée.

J'ai pu essayer et apprécier le fameux violon ensorceleur d'Helena ; ce dernier dévoile sans complexe le galbe caractéristique de la lignée des Guarnerius. Pour bien choisir, je dois comparer et pour cela Benjamin a demandé à un ami de me consacrer un peu de son temps : Julien joue un modèle Stradivarius, fabriqué ici même à l'atelier deux ou trois ans en arrière. Nous avons rendez-vous ce matin et je suis arrivée en avance, à la fois curieuse et intimidée. Benjamin termine de préparer un café lorsque la porte s'ouvre à la volée sur une silhouette à contrejour. Sitôt le seuil franchi, Julien ne perd pas de temps : à peine les présentations sont-elles expédiées qu'il dépose son étui sur le canapé, l'ouvre et me présente l'instrument, tout cela en un seul geste. Un peu sonnée je m'accorde quelques secondes avant de me saisir de celui-ci, observant du même coup son propriétaire : de taille moyenne, les cheveux et les yeux très clairs et perçants. C'est la première fois que nous nous rencontrons mais je sens que Julien est ainsi dans tout ce qu'il fait : précis, direct. Tout mon contraire : je tergiverse, j'hésite, incapable de marcher droit je multiplie les détours. Julien me regarde, esquisse un sourire et me tend de nouveau son violon. Le geste est cependant plus mesuré.

« Prends-le », m'offre-t-il.

J'ai beau connaître par cœur des dizaines de pages de musique, c'est pour moi une épreuve sans cesse renouvelée que de jouer abruptement devant un nouvel auditoire. J'aime les mises en condition et me trouve toujours désarçonnée lorsqu'il suffirait pourtant de jouer quelques notes, n'importe lesquelles : dans ces moments-là, c'est comme si je n'en savais plus aucune. Je me force à inspirer profondément : du calme. Voilà qui est déjà mieux. Gonfler le ventre, expulser l'air, tranquillement. Je me sens stupide : personne ici ne me jugera, pourquoi me mettre dans un pareil état d'anxiété ? Je me trouve bien trop à fleur de peau ces jours-ci, il faudra penser à vérifier si la lune est bientôt pleine ; je sais d'expérience que ce phénomène me joue parfois des tours. Ma respiration consent enfin à retrouver un rythme plus normal, mes doigts s'étirent et, comme s'il avait toujours su que nous en arriverions là, l'instrument vient presque de lui-même se nicher au creux de mon épaule.

Tout d'abord je demeure immobile et donne à mon corps le temps d'apprivoiser ce contact nouveau. Lorsque le bois finit de s'échauffer légèrement à température de mon cou je commence à approcher timidement l'archet de la corde *ré*, qui me prend par surprise : dès la première impulsion le son jaillit presque seul. Quelle réactivité, à la fois teintée de douceur veloutée ! Prenant confiance, je joue. L'instant se révèle très agréable, de plus en plus moelleux, jusqu'à devenir franchement délicieux. Voilà que mes doigts trouvent tout seuls leur place sur le manche ! Quel est donc ce fourmillement très léger qui se propage depuis la touche d'ébène jusqu'à ma main gauche ? Encouragée je m'enhardis et donne progressivement davantage d'ampleur à mon jeu. Le son chaleureux s'échappe *crescendo* du ventre de l'instrument et au moment précis où il atteint sa puissance ultime je me sens parcourue d'un frisson. Paillettes, explosion géante de paillettes. Silence.

Mon cœur s'emballe : ce violon me correspond. Il m'a suffi de quelques secondes et d'à peine plus de notes pour savoir avec certitude que je désire posséder le même. Ou plus exactement, son petit frère ! Si je m'étais sentie séduite par celui d'Helena, je ressens là un trouble beaucoup plus intérieur : pas une seule de mes cellules n'est restée indifférente, tout entière je vibre !

« Eh bien voilà qui est clair maintenant, tu sais quelle forme te correspond : je prépare le gabarit Stradivarius ! » s'exclame joyeusement Benjamin comme s'il évoquait un détail mineur, alors qu'encore toute retournée je remets à contrecœur l'instrument à son propriétaire. Julien ne peut se retenir de jouer à son tour, savourant le plaisir de se réapproprier son violon. Il joue extrêmement bien, j'entends sans l'écouter vraiment, toute à mon émotion encore vive ; à l'instar d'Harry Potter au moment où le Choixpeau lui attribue enfin une maison, je me sens vivante et pleinement, totalement à ma place. Antonio je te choisis, Stradivari me voici ! Des courbes douces pour un violon tout en équilibre : ma tête et mon corps se sont instantanément accordés au diapason de cette somme de détails délicieux.

Benjamin m'avertit cependant :

« Attention : tu vas devoir patienter. Je ne m'occuperai de ton violon que quand j'aurai terminé ma commande en cours, une forme Guarneri. Une fois, les deux modèles m'ont été commandés au même moment : un Guarnerius et un Stradivarius. Sans réfléchir j'ai accepté les deux, je ne me rendais pas compte : je n'utilisais pas les mêmes moules. Pas les mêmes dimensions ; pas les mêmes proportions. Pas les mêmes personnalités. J'ai dû accueillir dans mon cerveau ceux des deux luthiers rivaux, mon esprit s'est retrouvé en surchauffe permanente à force de faire des va-et-vient entre les deux. Je ne dormais plus la nuit. Je te promets que ces deux violons-là ont failli me rendre fou, j'ai cru ne pas en sortir vivant ! »

Ici et maintenant commence donc l'épreuve de patience, tout de même déjà émaillée de nombreuses petites tâches assignées par mon luthier. Les chevilles et le cordier, par exemple : je ne sais pas de quel bois mon violon sera fait qu'il me faut pourtant déjà les choisir ! Sans trop y croire et davantage pour tromper mon attente que par conviction j'ouvre mon ordinateur et commence mes investigations : surfant d'un site spécialisé à l'autre, je m'effare de voir le monde de la lutherie ainsi étalé sur la toile. Depuis une prestigieuse vente aux enchères new-yorkaise jusqu'au magnifique musée du violon à Crémone, me voici entraînée dans un insolite voyage virtuel.

Des instruments extraordinaires vieux de plusieurs siècles défilent à coup de clics sous mes yeux fascinés. Des chevilles et des cordiers s'affichent sur mon écran, il y en a trop, de buis, d'ébène, de palissandre, quel bois sera le mien ? À peine la matière élue, c'est en faveur de la silhouette que je dois me prononcer : le cordier se déclinera-t-il à la française ou à l'anglaise ? Je ne chôme pas, ne me refuse pas non plus au petit jeu du *Qui est-ce* ayant démontré son efficacité et réussis ainsi à éliminer encore quelques modèles. En filigrane se précise peu à peu l'esthétique adoptée : de l'opaque ébène, toutefois pailletée d'argent si on l'admire en pleine lumière, naîtront les chevilles délicates et le cordier de mon violon. Le laiton choisi pour la barrette du cordier devra se coordonner aux chevilles au moyen d'une petite incrustation assortie. Benjamin accepte même de patiner le laiton, pour qu'il ait l'air plus ancien : je trouve le doré trop clinquant et mon luthier m'offre le luxe du choix ! Tant qu'à patiner, je formule une ultime requête. Sur les violons de Benjamin que je connais, la nuance de vernis étant un peu sombre à mon goût, une teinte plus claire lui paraît-elle réalisable ? Pas trop non plus, juste un peu plus lumineuse… Il cherchera, promet-il.

Et Benjamin cherche. Il essaie encore et encore et cela le nourrit. Il me raconte qu'assis à sa table de travail ou dans son jardin, à la faveur du soir tombant, il laisse l'inspiration venir à lui. Toujours un verre de vin à proximité, il s'accorde une cigarette, agrémentée parfois d'un peu d'herbe. Et pendant que dans la maison silencieuse son tout jeune fils s'endort paisiblement au sein de sa mère, l'air tiède d'un soir de printemps finit par apporter parmi ses effluves de basilic et de thym la recette attendue. Aussitôt Benjamin réunit fioles et ingrédients et dose minutieusement les mélanges. Au réveil d'une sieste dans mon jardin, je plisse mes yeux ensommeillés pour découvrir la photo tout juste affichée dans la messagerie de mon téléphone : sur fond de ciel éclatant, dans la main fièrement brandie de Benjamin, une pépite translucide. La couleur du galet traversé par le soleil se promène élégamment le long d'un spectre oscillant entre l'ambre et la bigarade. Quelle beauté ! On dirait un cristal, une pierre précieuse jaune orangé. Joie ! Benjamin l'alchimiste a réussi : dans son laboratoire secret il vient de créer la potion de mon futur vernis !

Elle l'a beaucoup joué récemment, bien plus que de coutume ces derniers temps. Elle l'a bichonné, photographié même. Entre deux sonates elle le contemplait longuement en silence. Une dernière fois elle l'a rangé soigneusement dans son étui, puis elle l'a emporté : l'heure de la séparation était arrivée. Ici dans ce coffre, il attendra que d'autres mains le conduisent vers son futur. Il a depuis longtemps passé l'âge des impatiences : il ne se rappelle même plus qui, d'un homme ou d'une femme, sut extraire de lui ses toutes premières notes voilà plus de cent-vingt ans. Tout cela est si loin maintenant, et puis quelle importance...

XIII – La rose et le réséda

Misérablement je l'ai abandonné. Le moment s'est présenté plus tôt que je ne le pensais, les instruments tels que lui sont recherchés actuellement m'a-t-on avertie : pouvais-je me permettre de laisser passer l'occasion ? Je croyais m'être préparée mais quel crève-cœur cela a été. Je l'ai confié à un luthier m'assurant qu'il en prendra soin et le présentera à de bons violonistes de toute l'Europe mais pour l'heure il patiente sagement, enfermé à clé pour sa propre sécurité. Jamais encore je ne m'étais sentie si vide et si triste. Pourvu qu'on le choisisse et qu'il joue de nouveau très bientôt, un violon tel que lui ne mérite pas de dépérir aux oubliettes d'un coffre-fort. Il me manque déjà, pas seulement parce que je me retrouve sans instrument, coincée entre celui d'avant et celui d'après, mais pour ce que lui et moi avons partagé pendant vingt ans, une éternité ! Je n'ai pas le cœur à voir des gens, ni même celui de goûter du vin : les paillettes se sont volatilisées. Désœuvrée depuis des jours je traîne sans but mon corps inutile dans les rues de mon quartier. Même les promenades en forme de labyrinthe se jouent de moi : tourner en rond ne m'amuse plus.

Par bonheur le soleil brille ces jours-ci, voilà qui met un peu de baume au cœur. Les chants d'oiseaux ont envahi le jardin et à défaut d'instrument je passe là une grande partie de mes journées, à cultiver ma mélancolie telle une héroïne romantique. Lenteur et morosité sont devenues mes meilleures amies.

Sur la petite place juste devant la maison des grappes de fleurs blanches au parfum grisant et délicieux alourdissent les acacias : cette année pour une fois je ne raterai pas le juste moment de les cueillir afin d'en confectionner des beignets, c'est au moins l'avantage de ne pas être plongée toute la journée dans mes partitions. Chaque fin d'après-midi je m'abîme en contemplation fervente devant les pompons rose tendre de mon rosier grimpant préféré. Je viens d'en couper une tige, ornée de trois boutons plus ou moins ouverts, et rentre dans la maison pour y dénicher un petit vase. Une fois celui-ci disposé sur la table du salon, l'atmosphère se trouve d'un coup tout égayée de ces pétales légers. Le passage en couleur de la pièce agit sur moi comme un signal : mue par le désir soudain de m'extraire enfin de ma léthargie je décide d'entreprendre un peu de rangement dans les tiroirs de mon bureau et, après l'évacuation de vieux papiers inutiles, en exhume un vieux stylo plume. Je ne me rappelais même pas l'existence de celui-ci, probablement est-ce un vestige de ma vie d'écolière : petite, j'adorais écrire à la plume pour m'amuser. En serais-je encore capable ? Sur un cahier de brouillon à grand carreaux, appliquée, je me lance :

Demandez au vent, à la vague, à l'étoile, à l'oiseau, à l'horloge, à tout ce qui fuit, à tout ce qui gémit, à tout ce qui roule, à tout ce qui chante, à tout ce qui parle, demandez quelle heure il est ; et le vent, la vague, l'étoile, l'oiseau, l'horloge, vous répondront : il est l'heure de s'enivrer ! Pour n'être pas les esclaves martyrisés du Temps, enivrez-vous ; enivrez-vous sans cesse ! De vin, de poésie ou de vertu, à votre guise.

La tirade sublime est venue se coucher d'une traite sur le papier comme si elle attendait depuis longtemps, blottie dans un coin de ma mémoire, que je veuille bien l'en extirper. À l'exception de quelques pâtés ma calligraphie me paraît plutôt correcte. Ce plaisant exercice possèderait-il en outre des vertus cathartiques ? Mon esprit s'allège à la redécouverte des vers oubliés. Pour ne rien perdre de mon élan, de la poésie de Baudelaire je saute sans transition à celle d'Aragon. Quel était ce poème déjà, mis en musique par un groupe de chanson que j'adorais à quinze ans ? Souvent j'ai dansé dans ma chambre d'adolescente sur ce titre, chantant à mi-voix, perdue dans un monde intérieur contenu entre mon lit et mon bureau. Le texte me transportait. Comment s'appelait donc ce groupe ? La réponse au bout de la langue, je commence à fredonner en même temps que j'écris :

Celui qui croyait au ciel
Celui qui n'y croyait pas
L'un court et l'autre a des ailes
De Bretagne ou du Jura
Et framboise ou mirabelle
Le grillon rechantera
Dites flûte ou violoncelle
Le double amour qui brûla
L'alouette et l'hirondelle
La rose et le réséda.

Le nom du groupe ne me revient pas mais j'aime tout, toujours autant : le poème et la chanson. Celle-ci achève de dissiper mon inertie et le manque de mon violon absent. Entre celui qui fut mien et celui qui ne l'est pas encore, il est temps de me réveiller ; et pour commencer, je suis attendue !

Le nez au vent, je pédale dans la douceur du printemps. Le monde autour de moi grouille de vie et je permets à la joie de m'envahir tandis qu'un sourire s'épanouit de plus en plus largement sur mon visage, pour la première fois depuis les adieux à mon violon. Respirant à pleins poumons je me régale à l'avance du moment à venir. Comme un enfant qui a rêvé de Noël et l'a tant espéré, je fourmille d'une impatience que je m'efforce cependant de maîtriser : ne suis-je pas une adulte responsable ? Nous ne sommes plus à quelques poignées de minutes près ! Adulte ou non, je ne peux m'empêcher de rouler de plus en plus vite, et l'irrésistible griserie de la vitesse n'est pas la seule raison. Quelques minutes tout au plus me suffisent pour parvenir à destination. La porte de l'atelier s'ouvre brusquement juste au moment où je m'apprêtais à frapper, laissant émerger le buste de Benjamin.

« Te voilà enfin ! »

Nous expédions les embrassades : on dirait bien que je ne suis pas la seule à m'impatienter. Vite, il m'entraîne vers l'établi ; déjà Benjamin a modelé la silhouette, celle que j'ai choisie : la forme Stradivarius ! Celle-ci m'attend et comme pour sceller son sort, mon prénom est écrit dessus au crayon. La première trace concrète, le squelette ! À partir de ce patron Benjamin façonnera tout le reste. Aujourd'hui m'attend une tâche importante : le choix du bois. Jusqu'ici je n'avais jamais réfléchi à l'importance de la matière brute de départ dans le caractère d'un instrument mais ce qui est vrai pour la nourriture l'est forcément pour l'art de la lutherie, me dis-je : seuls les bons produits engendrent des mets d'exception.

Benjamin dépose devant moi des planches d'épicéa et d'érable extirpées d'un tas en équilibre sur une étagère et me montre comment les faire résonner à mon oreille. Doucement, très légèrement, je choque des pièces de bois l'une contre l'autre et tente de percevoir leurs résonances. Il ne s'agirait pas de rater cette étape cruciale. Aujourd'hui je vais sélectionner l'épicéa pour la table de l'instrument, et l'érable pour le fond ; à l'idée que toute la sonorité de mon instrument se décide maintenant une bouffée d'appréhension me saisit ! Je ne veux surtout pas céder au vertige et contient mes angoisses afin de rester calme et attentive. Benjamin m'entraîne dehors, dans le plein jour du trottoir, pour mieux contempler les reflets du bois et les tavelures brunes imprimées par les années. Inclinant légèrement une planche vers moi il désigne sur un morceau d'épicéa des motifs sombres.

« Tu vois cette légère oxydation ? On appelle ça une griffe d'ours. Tu peux choisir une planche comme celle-ci si tu veux. C'est une jolie signature naturelle sur un violon. »

La griffe d'ours présente certes des caractéristiques joliment poétiques mais, plantée sur le trottoir, j'hésite, je temporise ; pour l'instant je me sens encore trop indécise, décidé-je… Laissons-là l'épicéa et commençons plutôt par l'érable ondé en espérant qu'il m'inspirera davantage. Ondé, parce que traversé par des lignes horizontales aussi fluides que des ondes : je m'émerveille de ce joli nom si évocateur. Grâce, peut-être, à cette image paisible, le choix me semble plus évident et, après avoir passé tout le stock en revue, je reviens naturellement à la première planche que j'avais mise de côté : ce sera elle ! Les fines lignes qui la parcourent ne sont pas parfaitement horizontales et, partant du côté gauche, semblent s'élancer légèrement vers le haut, fièrement, dans le style délié d'une diagonale fantaisiste : vivantes ! Vers quel océan ses ondes se précipitent-elles ainsi ?

Contente d'avoir enfin pris une décision je m'attaque à l'épicéa. Encore une fois le moment semble propice au *Qui est-ce ?* Cette technique maintes fois éprouvée me permet d'écarter progressivement une bonne partie des planches ; je finis par aligner les rescapées sur la table. Fermant alors les yeux, je laisse mes mains se promener sur le bois. Dans le silence, pendant quelques minutes, je tâche d'écouter ce qu'il me raconte.

J'ignore si la sensation de bien-être qui m'envahit ensuite est bien réelle ou si les heures de tâtonnements commencent à peser sur ma concentration mais j'ouvre finalement les yeux, saisie par le sentiment d'avoir touché juste. Une planche d'épicéa très finement striée diffuse sa chaleur vers mes doigts ouverts. Sur sa surface blonde s'esquisse une ombre à peine marquée, sorte d'empreinte étirée en une courbe mystérieuse. Mon choix est fait.

Benjamin approche : à son vague sourire un peu songeur, je comprends qu'il s'apprête à me confier quelque chose d'important. À partir de cette planche que je viens de choisir il a déjà fabriqué un violon m'apprend-il. Le mien sera le deuxième – et dernier – issu de cette pièce de bois, le frère jumeau du précédent en quelque sorte.

« Tu ne devines pas pour qui était le premier ? »

Mais si, je devine et c'est à la fois fou et parfaitement cohérent : de cette planche que je viens de choisir parmi des dizaines d'autres a déjà éclos trois ans auparavant le violon de Julien. Mes mains viennent de me guider vers le même bois qui m'a déjà rendue si extraordinairement heureuse le jour où Julien m'a permis d'essayer son violon. Malgré le jeu de *Qui est-ce ?* on dirait finalement que ma sélection ne doit rien au hasard et toutes mes craintes de me tromper disparaissent en un clin d'œil. Mais mon luthier a encore une chose à confesser.

« Cette planche possède un surnom, tu sais. Tu as remarqué la trace tout allongée, cette oxydation juste ici ? »

Bien sûr que je l'ai vue. C'est même cette caractéristique, fantaisie particulière, qui a d'abord attiré mon attention. Dans cette marque, j'ai distingué un J, l'initiale de mon prénom, le signe que ce bois-là m'était destiné... Pourquoi pas, répond Benjamin, mais il y a autre chose. Un de ses amis, violoniste espagnol, également vinificateur passionné, y a vu une larme. *Lacrima* ! Encore plus que ma lettre J, la larme latine de l'ami espagnol me séduit. Et, de l'Espagne à l'Italie, mon esprit s'échappe d'un bond léger jusqu'à la région de Naples, du Vésuve et de ses vins ; je les atteins presque en rêve ces raisins récoltés éclatants, *Lacryma Christi*, lorsque les grains laissent exsuder leurs larmes de sucre. Pouvait-il exister meilleur présage pour honorer mon choix ?

Enluminure italienne :

Enraciné dans les montagnes du Nord grandit l'or vert des luthiers, cependant qu'au Sud la vigne déverse ses larmes de sucre sur les flancs du volcan.

Entre les deux inlassablement, Verdi compose ses partitions éternelles.

XIV – Entracte

Sans complaisance les pages noircies de mon agenda me rappellent le programme colossal de la semaine : « Mardi, jeudi, vendredi : Verdi, extraits de *La traviata* en petit effectif » : autant dire qu'il est grand temps pour moi de me mettre au travail. En compagnie de quelques membres de la troupe, nous donnerons dans plusieurs lieux des environs des extraits choisis de notre prochain opéra, afin d'allécher l'auditoire et de lui donner envie de venir découvrir le spectacle entier que nous jouerons dans trois semaines. Plusieurs jours durant, notre orchestre de poche s'apprête à se promener d'école primaire en château, de salle du conseil en prison, partageant son quotidien avec Violetta, Alfredo, Flora et Germont. Cette mise en bouche, je m'en régale à l'avance, elle marque le début de notre nouvelle production : dans quelques semaines à peine, c'est l'orchestre au grand complet qui renaîtra de son hibernation pour nos retrouvailles. Les petits concerts de présentation à venir m'imposent de me frotter pour la première fois aux écueils de la partition, bien délicate pour les premiers violons ; et comme nous sommes en petit comité, je représenterai à moi seule le pupitre entier. Ce n'est donc pas sans une certaine fébrilité que j'envisage la semaine à venir.

Puisque ses mains n'ont pas encore accouché de mon violon, Benjamin m'en a prêté un. Mais je suis en train de comprendre qu'il n'est pas simple d'apprivoiser si rapidement un instrument inconnu, surtout lorsque celui-ci se montre aussi peu coopératif. Je n'avais pas du tout anticipé cette difficulté : ce satané violon refuse de répondre à mes sollicitations ! En raison d'un défaut de réglage sans doute, certaines fréquences s'obstinent à rester silencieuses. Hier notre chef d'orchestre s'est étonné pendant la répétition du sifflement très laid produit par mon instrument en lieu et place du joli *do* grave attendu, base essentielle de l'accord à ce moment de la partition. Malgré tous mes efforts il semblerait que sur la corde de *sol*, ce violon ne joue pas de *do*, a-t-on jamais vu cela ?

Il n'a jamais été achevé, m'explique Benjamin lorsque je l'appelle, catastrophée. À ce stade c'est moi qu'il faudrait achever, rendue à moitié folle par des heures de torture afin de contourner le problème du mieux que je peux. Changement de corde, transposition à vue une octave plus haut pour éviter le *do* fatal, je n'ai reculé devant aucun stratagème, pour un résultat final peu concluant ; je suis au bord de la crise de nerfs. Benjamin compatit ; pour bien faire il faudrait démonter le violon, peut-être rehausser la table légèrement affaissée, mais le temps presse et mes représentations n'attendront pas. Le luthier est bien désolé : il me destinait à l'origine, pour patienter avant le mien, un autre de ses instruments, un violon fiable et équilibré qu'il voulait faire revenir d'Islande où celui-ci se trouvait confié aux bons soins d'un revendeur ; mais l'homme n'a pas répondu à temps à sa demande et maintenant, il est trop tard. Le violon qui m'est prêté n'ayant pas été joué depuis longtemps, Benjamin n'imaginait pas les difficultés que je rencontrerais et s'excuse encore. *The show must go on,* je n'ai pas le choix ; profitant d'une pause entre deux répétitions je décide tout de même de passer rapidement à l'atelier afin de supplier Benjamin de tenter au moins quelques réglages supplémentaires, de quoi masquer un peu les défauts. Tiens, Julien est là aussi, occupé à ouvrir une bouteille. M'apercevant, il attrape immédiatement un verre supplémentaire sur l'égouttoir et s'approche, ravi de me jouer son numéro de sommelier.

« Mademoiselle, permettez-moi de vous présenter le Sassayen, un sauvignon blanc de Cheverny. Le connaissez-vous ? Non, j'en étais sûr. Sentez-moi ce petit parfum de pêche, mais notez : en bouche le nectar demeure sec ! À peine une petite sucrosité pour la gourmandise… Expressif, non ? Et maintenant, place aux confidences, je vous offre le petit conseil du chef : laissez sa température remonter un peu et ses caudalies se multiplieront ! Allons, goûtez maintenant ! »

Je ne peux retenir un rire admiratif : Julien est tellement crédible dans son rôle et le plus remarquable est que la saveur du vin sur mon palais correspond exactement à ce que laissait imaginer ce petit numéro. Je prends le temps de savourer mon verre, m'en laisse servir un deuxième – pour les caudalies – et finis par m'épancher sur mes problèmes de *do*. Julien repose la bouteille sur la table un peu brusquement, me faisant sursauter. Mais, enfin, il fallait m'appeler, tonne-t-il ! Et le voici qui me propose spontanément son violon sublime, *deus ex machina* me permettant de poursuivre confortablement la série de représentations. Pour un peu je ne m'étonnerais pas que ce magicien de Julien sorte à cet instant l'instrument de sa manche, mais il ne faut pas exagérer, l'affaire est déjà presque trop belle. Je passerai donc chez lui un peu plus tard. Extrêmement touchée par ce geste rare à la beauté d'un cadeau réservé aux intimes, je me rappelle que désormais, nous sommes liés : nos violons ne seront-ils pas jumeaux ?

Mes ennuis résolus, bien plus rapidement que le pensais de surcroît, je dispose encore d'une bonne heure avant la répétition. J'accepte donc encore un minuscule demi-verre de ce sauvignon dont j'aurais volontiers abusé davantage si je ne devais pas retourner travailler. Délicieux. Afin de me dégriser un peu je me lève pour effectuer quelques pas dans l'atelier. Alors que je feuillette un des immenses recueils de lutherie ouvert sur un lutrin, la photographie en gros plan d'une tête de Stradivarius happe soudain toute mon attention. Ce n'est pas tant sa finesse – caractéristique des instruments du maestro – qui attire mon regard, mais plutôt les motifs floraux précieusement gravés qui s'entrelacent tout le long de la volute. La précision du trait, les arabesques : l'image est sublime et je laisse échapper une exclamation légèrement trop sonore qui fait accourir Julien et Benjamin. Ils penchent leurs têtes au-dessus de la mienne et c'est Benjamin qui réagit le premier.

« Ah, tu admires la photo du *Sunrise* ! Stradivari l'a terminé en 1677. Magnifique non ? Quelques instruments du maestro sont décorés comme celui-ci ; il faut quand même savoir que ce n'est pas lui qui réalisait cette partie du travail. Dans son atelier, il employait quelqu'un spécialement pour ces ornements. Le bois était d'abord gravé, ensuite on déposait une très fine poussière d'ébène dans la ciselure. Couche après couche ; pour finir on passait un vernis à l'huile sur le tout. À ce degré de précision, on ne peut même plus parler de lutherie : c'est d'orfèvrerie qu'il s'agit. »

Quelques secondes silencieuses s'écoulent comme si tant de beauté nous imposait une contemplation muette. Les yeux brillants et fortement encouragée par mes deux verres de vin en pleine journée, je romps le calme pour supplier Benjamin comme une enfant : je veux, je veux, je veux, il me faut absolument la même chose ! Pas exactement *ça*, pas ce motif, mais un ornement pour la volute de mon violon, aussi fin que celui que je viens d'admirer ! Benjamin tente de me raisonner : il ne connaît pas cette technique, ni lui ni moi ne savons dessiner mieux qu'un bonhomme, et encore. Qu'à cela ne tienne, je suis prête à remuer ciel et terre pour trouver la personne capable de réaliser cette coquetterie, et Benjamin finit par céder : il réfléchira à la mise en œuvre technique et moi, je cherche l'artiste. Marché conclu, que nous scellons d’une dernière gorgée de Sassayen aux caudalies désormais infinies.

Volute : *nom féminin*
(Italien ***voluta****, du latin médiéval* ***voluta****, du latin classique* ***volvere****, rouler)*

Circonvolution, arabesque, courbe, enroulement, hélice, ondulation, repli, serpentin, sinuosité, spire.

XV – Haute couture

« Complètement explosif ce *Terre de silice* ! Je dirais même, à tomber par terre. Chardonnay, sauvignon et menu pineau, on ne devinerait jamais au premier abord qu'il est produit tout près d'ici ! Au départ il est très vif, un peu trop même. Mais le vigneron a eu l'idée de génie de le détendre en fût, tranquillement et la magie finit par opérer. Incroyable, non ? »

Loin de la quête à venir d'une habile plume inspirée pour ma volute, voilà qui commence à devenir une habitude ; je découvre en l'atelier de Benjamin un lieu de passage et de rencontres où il fait bon vivre. Ici, rien d'autre ne compte que musique et bonne chère partagées. Souvent comme aujourd'hui, Julien nous régale de ses descriptions fantasques mais toujours pertinentes au gré des bouteilles que l'on y déguste à toute heure. Lui arrive-t-il de rentrer chez lui ? J'en doute parfois : il semble ici aussi à l'aise qu'un maître de maison recevant pour dîner. Outre l'art et la manière de manipuler la trappe conduisant à la cave, il connaît chaque violon suspendu le long du mur : il les a tous joués pour Benjamin, afin que celui-ci écoute, juge, améliore ses instruments en direct. Mais Julien n'est pas le seul : une petite troupe d'habitués passe à tour de rôle s'enquérir qui d'un réglage pour son violon, qui d'une nouvelle mentonnière. Léo n'est pas en reste à qui on réclame fréquemment de nouvelles mèches pour des archets fatigués. D'autres passent simplement saluer la compagnie, n'ignorant pas qu'ici elle est souvent excellente ; mais nul ne se présente les mains vides. Les bouchons fusent, verres et instruments passent de main en main car ici tout s'essaye et se partage. C'est ainsi que l'élasticité d'un rouge glouglou coulant par magie au fond des gosiers trouve son écho dans celle d'une baguette d'archet tout juste testée. Des *staccato* et sautillés improvisés s'échappent nos accords parfaits sur fond de terrine de campagne.

Et toujours la poésie règne en maîtresse de cérémonie. Elle prend ses aises, s'étire et soupire en guise de prélude à la naissance des violons. Le mien émergera tôt ou tard. L'image de la pudique Vénus se présentant au monde dans le célèbre tableau de Botticelli me traverse l'esprit et je glousse malgré moi : mon violon jaillira-t-il lui aussi comme après un rêve, déposé vierge et nu au creux d'une coquille Saint-Jacques, parmi de grassouillets angelots voletant de-ci de-là ? Nimbée de grâce, Vénus s'impose en égérie de choc du chic à l'italienne. Splendide Italie… Je ressens encore fortement le charme de ma première visite à Crémone ; venue découvrir au plus près la ville qui vit naître tant de violons merveilleux, j'étais de toute évidence acquise par avance aux troublantes vibrations de cette petite cité italienne. Mais je crois tout de même que quiconque arpente ses rues, musicien ou non, percevra dans leur atmosphère le souffle chaud des arcanes du passé. Ne raconte-t-on pas que Stradivari emporta dans la tombe le secret de son fabuleux vernis ?

Mon instrument s'apprête, et c'est comme si chaque étape de ses préparatifs renfermait une image. Au hasard, cintrer les éclisses : quelle mystérieuse, intrigante, magnifique évocation ! Ici précisément se situe l'alpha de la construction d'un violon, voilà ce que Benjamin m'a appris : le luthier cintre les éclisses. Tout au long de l'opération j'ai regardé le bois fin se ployer en courbes élégantes et prometteuses. Je ne pouvais m'empêcher d'imaginer une robe luxueuse. Subjuguée je me suis abandonnée au fantasme, laissant mon esprit vagabonder vers des crinolines aux soies chatoyantes, des corsets emprisonnant des tailles si fines qu'une seule main pourrait en faire le tour. Puis j'ai filé dans des tons d'or et de pourpre à travers une grande salle de bal illuminée de lustres et de glaces. Un orchestre de chambre y jouait des menuets, puis des quadrilles, des valses enfin ! Et ces tailles fines qui tournoyaient en cadence… Cintrer. Un mot. Un seul mot aurait suffi déjà à m'entraîner. Que dire du deuxième : éclisses ! Comme son harmonie m'embarque paisiblement vers de similaires et fantaisistes sonorités : « L'éclisse délicatement parfumée de réglisse se laissait glisser vers l'écluse lisse, qui m'emportait en douceur vers le flot suivant. Au premier jour, les éclisses furent cintrées. »

Indifférent à mes égarements Benjamin chauffe, polit et taille minutieusement. Dans un coin de l'atelier, la colle tiédit doucement dans une petite casserole. Surtout, ne pas porter le liquide à trop haute température : le bois en pâtirait et pourrait s'en trouver gâché, irrémédiablement. Sur le feu doux du petit réchaud la mixture exprime donc tranquillement ses effluves. Ce mélange tout droit sorti de chez l'équarrisseur, composé d'os, de peau, de nerfs d'animaux – lapin, cochon, bœuf –, n'a pas son égal pour l'assemblage d'un violon, m'apprend Benjamin en expert.

Je ne me lasse pas de l'étagère à potions : la propolis y côtoie le benjoin et d'autres résines odorantes aux fascinantes évocations lointaines. Toutes les nuances du jaune pâle au brun sombre semblent exposées en un remarquable camaïeu dans l'alignement de fioles et bocaux dépareillés. On y perçoit la tendance d'une collection particulière : celle des parures colorées aux tons chauds qui habilleront les instruments à venir. Ici on ne fabrique pas de prêt-à-porter, seulement des pièces uniques.

Mais il faudra encore beaucoup de patience avant l'étape du vernis : la confection débute tout juste ! Le patron reste posé sur la table en guise de référence et le découpage des pièces s'ébauche, avant leur serrage. Minutie et précision s'imposent, parfois guidées par la musique qui envahit la pièce : des airs venus des Balkans côtoient sans complexe l'accordéon ou la vielle à roue ; tantôt s'élève la voix aux accents folk et mélancoliques de Léonard Cohen, tantôt résonnent des arrangements fantastiques autour de la musique de Bach, enjolivée de rythmes africains. Chacune de ces empreintes musicales influe sur l'atmosphère au gré des sonorités élastiques et dépose probablement un peu de son essence dans les fabrications en cours. Certains jours des grains de poussière tournoient dans l'atelier délicatement baigné par le soleil, on jurerait qu'ils dansent. Parfois, dans un silence calme et léger, règne le seul bruit des outils… Aucune visite n'est semblable à une autre en ces lieux et l'on n'y tolère en matière d'ennui que la juste dose indispensable au bon cheminement du processus créatif.

J'ai demandé ce matin le nom de la machine qui venait sous mes yeux de ciseler si délicatement la table puis le fond de mon violon : il s'agit d'une scie *à ruban*. Des rubans, évidemment ! Dans cette alcôve délicate aux allures d'atelier de confection, quoi d'étonnant ? Mais attention, la maison de haute couture ne révèle jamais toute son intimité : les grandes jupes que l'on admire, à tourner en corolle, cachent en général des dessous que l'on ne saurait voir. Si le savoir-faire de l'artisan est une chose, la touche personnelle de l'artiste intervient pour le sublimer et l'un ne se peut sans l'autre. Benjamin me fait jurer solennellement de ne pas dévoiler certaines étapes de fabrication se déroulant sous mes yeux car celles-ci constituent le fruit de longues et incessantes recherches personnelles : ses petits secrets. Ces moments privilégiés, je les garde pour moi comme un cadeau précieux, tout au moins ceux auxquels je suis autorisée à assister. Au moment de creuser et sculpter la table de l'instrument, Benjamin me prie aimablement mais fermement de m'éclipser. Mon violon conservera, même pour moi, une part de mystère préservée dans le tête-à-tête entre le luthier et sa création. Ces énigmes de fabrication recèlent une promesse : celle que je continuerai longtemps à chérir ce violon ; n'aime-t-on pas encore davantage lorsqu'on ne sait pas tout ?

Broderie, découpage, peinture, assemblage ; ajustements, dernière main. Que de rigueur et d'abnégation nécessite la création d'une robe exceptionnelle ! À peine le croquis est-il esquissé que l'on voudrait déjà tout savoir de la manière dont elle épousera le corps auquel on la destine. Haute couture et lutherie se rejoignent habilement : le luthier n'offre-t-il pas à chaque pièce le temps de trouver sa place, au bois celui de prendre forme et de se mouler souplement au désir de son maître ? Sitôt la première planche sélectionnée, celui-ci ne rêve pourtant déjà que d'une chose : entendre tout de suite le son de l'instrument, savoir si l'harmonie finale se trouvera digne des espoirs placés en lui. Parvenir au juste équilibre entre patience et impatience, tel est le dessein de Benjamin.

De nuttelozen van de nacht
Ze bespreken zonder end
De poezie die geen van hen kent
De romans die geen van hen schreef
De vrouw die bij geen van hen bleef
De grap waarom geen van hen om lacht
De nuttelozen van de nacht

Les paumés du petit matin
Ils se racontent à minuit
Les poèmes qu'ils n'ont pas lus
Les romans qu'ils n'ont pas écrits
Les amours qu'ils n'ont pas vécues
Les vérités qui ne servent à rien
Les paumés du petit matin

Jacques Brel

XVI – Un conte

« Je suis juste passée te rapporter ton Sepúlveda, que je viens de terminer. Je l'ai beaucoup aimé d'ailleurs ! »

Je dissimule un sourire : au ton d'Helena, il est clair qu'elle n'est pas « juste passée ». Elle veut tout savoir de la fabrication, se demande si mon violon sera bientôt prêt, elle a hâte d'entendre tous les détails des dernières avancées de cette minutieuse venue au monde ! Je m'efface pour l'inviter à entrer chez moi et termine à peine de refermer la porte derrière elle que la voici déjà dans le salon ; son impatience m'amuse et l'espace de quelques secondes je caresse l'idée de jouer un peu les prolongations, mais en vérité je suis aussi pressée de lui donner des nouvelles qu'elle-même de les entendre. Commençant par retirer ses lunettes envahies par la buée, elle me scrute de son regard flou tout en les essuyant. Aujourd'hui, c'est sur son écharpe de soie bleu marine et ses collants assortis que s'est déposée une délicate volée de pois blancs.

Mes derniers doutes quant à un éventuel passage en coup de vent se dissipent lorsqu'Helena se défait de son manteau et de son béret de laine, les suspend soigneusement puis ouvre son sac pour en sortir des provisions : une belle tranche de terrine – « elle m'a fait de l'œil chez le charcutier ! » –, du pain – « au levain, on n'en trouve pas partout alors j'ai sauté sur l'occasion, qu'en penses-tu ? ». Et puis aussi une jolie boîte de confiseur, remplie de petites billes jaunes ressemblant un peu à des M&M's. Ce sont des petits bonbons au cœur de biscuit enrobé de pâte de coing, m'informe mon amie. Il ne lui reste plus qu'à extraire un dernier trésor de son cabas, une bouteille : *L'Oiseau moqueur*, annonce une étiquette aux chaudes tonalités orangées. Je me réjouis, tant du festin miniature qui nous attend que de cette visite surprise. Pendant qu'Helena dispose de quoi grignoter sur la table, je nous sers à chacune un verre du breuvage pourpre et épais, quasiment noir dans l'éclairage tamisé. Nous nous asseyons confortablement, elle sur un pouf, moi dans le canapé, et levons nos verres à la santé l'une de l'autre. Le vin capiteux et gorgé de soleil du Sud nous intime quelques instants de recueillement. Le flair infaillible de mon amie ne l'a pas trompée : j'ai justement une histoire à lui raconter. Reposant mon verre près de moi, je me prépare à satisfaire sa curiosité.

« Tu es prête ? Écoute bien : il était une fois, dans une jolie petite ville néerlandaise, un jeune homme et une jeune femme qui s'aimaient… L'histoire commence juste avant leur mariage, à la fin des années mille-neuf-cent-trente. Il y a presque cent ans ! Dans un conte de fées j'aurais peut-être fini par te raconter qu'ils vécurent heureux parmi leurs enfants tous plus merveilleux les uns que les autres… Mais ce serait bien trop banal ainsi, voilà comment les choses se passent dans mon histoire : après le mariage somptueux et très gai de ce jeune homme et de cette jeune femme survient un immense malheur. Pour une raison mystérieuse la jeune épouse meurt subitement six semaines après les noces. Fou de douleur, le jeune homme se détache peu à peu de tous ses repères. Il se laisse inexorablement dériver vers des amitiés peu recommandables, il s'abandonne, il ne sait même plus s'il possède encore une âme. Quel aurait été son destin à une autre époque ? On ne le saura jamais. Quelques mois après la mort de sa bien-aimée le jeune marié au cœur brisé part pour l'Allemagne et rejoint les troupes nazies. Là il se fond dans le groupe, s'incorpore, s'oublie, se réanime : qu'importe la cause, il respire de nouveau. Après avoir tout perdu, le voilà qui retrouve un sens à sa vie. Le mauvais sens manifestement, mais peut-on affirmer, toi ou moi, qu'on aurait mieux agi ? Comment être certaine…

Les années passent, le jeune homme épouse en secondes noces une jeune Allemande rencontrée au gré de sa nouvelle existence. À la fin de la guerre la nécessité de quitter l'Allemagne se fait pressante afin d'échapper à la chasse aux criminels de guerre : des choses à se reprocher, ces deux-là en ont à coup sûr. Le retour vers le pays natal de l'époux s'impose assez rapidement comme seule issue possible. Il doit se résoudre à regagner les Pays-Bas et c'est là qu'il s'installe avec son épouse ; commence alors une nouvelle vie pour eux, qui prend définitivement racine lorsqu'un fils vint au monde, rapidement suivi d'un deuxième. Mais rien ne sert de fuir sa propre histoire : le passé vous rattrape toujours. Le couple finit par être retrouvé et arrêté. Les enfants ne reverront jamais leurs parents.

– Effectivement, nous sommes loin d'un happy end : quelle horreur.

– Ce n'est pas fini. Tiens, sers-toi encore un peu de cet *Oiseau moqueur* délicieux, tu nous as gâtées. Mais il faut manger quelque chose avec ça, ou la tête va nous tourner, ils sont costauds les vins du Sud avec tout ce soleil… Ce pâté est renversant ! Je continue. Où est-ce que j'en étais ? Ah oui : les deux garçons, placés ; de foyer en institution ils grandissent tant bien que mal, plutôt mal que bien finalement. Se construire sur des ruines, voilà déjà une tâche bien ardue mais y parvenir avec l'étiquette indélébile « enfant de criminels » aurait tenu du miracle, miracle qui ne se produisit pas. Je ne sais pas ce qu'est devenu le premier garçon, l'aîné. Mais je peux te parler du deuxième : Udo. Au cours de sa jeunesse il ne s'épargne rien : alcool, drogues, délinquance… Après une adolescence chaotique et un début de vie d'adulte tout aussi tourmenté, il travaille quelque temps à droite et à gauche. J'ai oublié de te dire qu'entre deux échappées, il a suivi une formation et appris un métier ; mais j'y reviendrai plus tard. Un jour l'appel de la liberté est plus fort que le reste. Peut-être pense-t-il à ce moment-là que dans un nouveau pays, sa propre histoire ne l'enchaînera pas à un passé sombre et honteux et qu'il pourra enfin recevoir la considération dont il a été privé ? Espère-t-il découvrir une meilleure facette de lui-même ? Quoiqu'il en soit un matin, Udo vide son maigre compte en banque et ne se présente pas au travail. Il disparaît.

Le voici libre ! Il rêvait au départ de gagner le Sud de la France et d'y trouver un petit coin tranquille, au soleil surtout, mais son pécule fond malheureusement trop vite, bien avant qu'il ait atteint sa destination. Un jour qu'il n'a plus ni les moyens ni l'énergie de marcher un pas de plus, il s'arrête là. En France, à Orléans. Tel un vieux navire fatigué il s'échoue tout près de la Loire et sous un pont il passe les années suivantes, plus mort que vif. Un matin Udo est pris en charge par les services sociaux de la ville. Malgré la barrière du langage une femme parvient à communiquer avec lui. Elle s'appelle Claire ; elle informe Udo au sujet de ses droits et surtout, elle lui fait part des mesures à sa portée pour sortir de l'état de misère qui est le sien. Un mot après l'autre le lien fragile se tisse, peut-être Claire est-elle tout simplement la première à le considérer dans sa qualité d'être humain. Au gré de leurs conversations elle recueille au vol une information précieuse : Udo avait appris autrefois le métier de typographe. Encore un peu d'*Oiseau moqueur* ?

– Comment ? Mais oui voyons, finissons la bouteille ! Et surtout, continue de raconter.

– Claire, tu sais, la travailleuse sociale. Il se trouve qu'elle a une sœur nommée Nathalie. Nathalie est écrivaine. Et puis conteuse aussi : elle raconte des histoires comme personne, bien mieux que moi ! Pour accompagner ses histoires, elle joue de l'alto. Une altiste. Une artiste. Sa curiosité d'écrivaine l'a conduite à enquêter sur les secrets de fabrication des livres. Au cours de ses pérégrinations elle a rencontré un typographe. Pas n'importe lequel : le dernier en France – au monde, peut-être. Le dernier en tout cas à détenir le savoir-faire permettant de maîtriser chaque étape de la chaîne de typographie : concevoir les caractères de plomb, les fabriquer, utiliser les presses, les entretenir, les réparer. Fabriquer le papier même !

– Très intéressant ! Et surtout : jamais je n'avais entendu parler du métier de typographe.

– Moi non plus jusqu'ici. Cet homme-là est unique et figure-toi que je l'ai rencontré la semaine dernière. Son atelier se situe tout près d'Orléans. Mais je reprends mon histoire, tu vas bientôt comprendre : Claire, la travailleuse sociale. Nathalie, sa sœur. Une fois dans sa vie, une unique fois, Claire a pris la liberté de sortir du cadre strict de sa mission professionnelle. Elle avait certes déjà aidé Udo mais sentait qu'elle pouvait faire davantage : elle détenait peut-être le pouvoir de le ramener à la vie. Alors elle a décidé de présenter Udo l'apprenti typographe néerlandais à Eugène, dernier typographe français et surtout, miraculeusement, ami de Claire et de sa sœur Nathalie…

– Mais tous ces gens, ils existent ou c'est une histoire que tu inventes ?

– Encore un peu de patience, j'y arrive, tu vas voir. Cette histoire est celle d'une renaissance. Non pas italienne celle-ci, mais française. En fait, c'est même du récit d'une naissance qu'il s'agit. Lorsqu'il arriva dans l'atelier pour la première fois, Udo, en respirant les odeurs caractéristiques, fut saisi par la nostalgie de ses jeunes années d'apprentissage. C'est même le premier mot qu'il prononça devant Eugène, teinté de son fort accent néerlandais : « Nostalgie ! » La nostalgie l'a ancré là, plus profondément que jamais ailleurs auparavant. Pas d'un seul coup mais petit à petit, solidement. Son français s'est amélioré de jour en jour et il est devenu au fil des mois un assistant, un compagnon, un ami pour Eugène. Mais aussi une sorte de figure locale : le clochard invisible sous un pont des bords de Loire était désormais vu, respecté et travaillait avec des gens qu'il aimait. Comme pour se rappeler par où il était passé il consacrait presque tout son temps libre à d'autres invisibles. De refuges en Restos du Cœur, il donnait un coup de main à ceux qui n'avaient plus rien, et qui lui rappelaient le fantôme qu'il avait été. Lui seul pouvait leur redonner un peu d'espoir et il s'y employait de toutes ses forces. Bientôt ce revenant fut érigé en exemple, présenté au maire de la ville, puis au député. On parla de lui dans la presse ! L'ombre était devenue homme et le fils de criminels rachetait enfin sa dignité. À Orléans son destin l'attendait, après des années d'errance : le véritable Udo était né.

– C'est une très belle histoire, dont voici enfin le happy end !

– Attends, elle n'est pas finie. Un conte de fées s'achèverait ici mais je t'ai prévenue que mon histoire n'en était pas un. Un matin, voici une dizaine d'années, Udo ne vint pas à l'atelier. Cela se produisait de temps en temps, aussi Eugène ne s'est pas inquiété tout de suite. Mais quand son ami ne s'est montré ni l'après-midi, ni le jour suivant, Eugène a fini par se rendre en bas du petit immeuble d'Udo. Là, quelques âmes errantes lui ont vaguement répondu qu'Udo avait quitté les lieux la veille sur un coup de tête, pour se rendre en Allemagne apparemment. Ce soir-là,

Eugène est rentré chez lui bien désappointé ; en colère, aussi : comment Udo avait-il pu décider de partir sans même un au revoir ? Eugène ne comprenait pas et a passé les jours suivants à ruminer sa déception. Quelques semaines plus tard, se présentant à une sibylline convocation du commissariat il a appris qu'Udo venait d'être retrouvé sans vie à son domicile. Le corps s'y décomposait tristement depuis son décès survenu environ six semaines auparavant et en fouillant dans ses maigres papiers, on n'avait trouvé que le nom d'Eugène. Une autopsie tardive a conclu sans plus de précisions à un arrêt cardiaque.

Jamais Udo n'aurait quitté son ami, et surtout l'atelier, sans prévenir. Eugène s'en est terriblement voulu d'avoir pu imaginer autre chose. Rongé par le chagrin il s'est alors démené pour organiser des funérailles dignes de ce nom. Il n'y avait personne d'autre, aucune famille à prévenir. Eugène n'a pas envisagé une seconde que le corps de son ami soit abandonné à la fosse commune comme on le lui avait suggéré au commissariat : il a mis un point d'honneur à offrir une vraie sépulture à Udo, puis a choisi lui-même les musiques pour l'accompagner jusqu'à sa dernière demeure. Hormis la diffusion de quelques chansons de Brel en flamand, la cérémonie se déroula en silence : qu'y aurait-il eu à dire de plus ? Udo repose en plein cœur du grand cimetière d'Orléans, à quelques mètres de la tombe de Jean Zay qui lui, depuis, fut transféré au Panthéon mais je suis certaine que son esprit veille sur celui d'Udo, pauvre victime d'une guerre qu'il n'avait pas connue.

Ici se termine mon histoire. Je l'ai entendue la semaine dernière, de la bouche d'Eugène lui-même. C'est Benjamin qui m'a menée à lui : pour concevoir les étiquettes à apposer au fond de ses violons, mon luthier n'envisageait pas une seule seconde de céder aux impressions de masse formatées par les technologies modernes. Ses étiquettes à lui devaient être somptueuses, raffinées, et lui offrir la plus belle des signatures pour la postérité ! Il s'est donc mis en quête du meilleur des ouvrages : un papier de qualité, des caractères bien fondus, une typographie altière directement inspirée par les nobles étiquettes imaginées par Stradivari en personne. Par chance Benjamin avait entendu parler du génial Eugène, seul capable de fabriquer pour lui les étiquettes spéciales de ses rêves. Se doutant bien que je bondirais sur l'occasion mon luthier m'a invitée à l'accompagner pour rendre visite à cet homme rare. À midi pile le jour dit, nous nous sommes présentés munis d'un panier de charcuteries, de fromages, et d'une bouteille d'un excellent Beaujolais *Sous le sabot*, ainsi nommé car ses vignes sont entièrement travaillées à cheval. Invités à entrer par le propriétaire des lieux, nous avons alors découvert les trois grandes pièces qui constituent l'atelier d'Eugène.

C'est un grand chien de berger blanc qui nous a d'abord accueillis. Debout sur le paillasson, surveillés du coin de l'œil par le chien bondissant frénétiquement tout autour de nous, nous percevions entre deux aboiements divers cliquetis, roulements et tout une mystérieuse mélodie mécanique émanant de la salle voisine. Une voix énergique a fini par nous exhorter à ne prêter aucune attention au chien et à la rejoindre. Un homme âgé de belle allure arborant des cheveux plus blancs encore que le pelage de son chien, à demi dissimulé entre deux structures de métal, terminait de presser un texte sur un moulage représentant un cheval ailé : nous surprenions Eugène en plein travail. Les minuscules caractères de plomb avaient été disposés un à un sur le support, de manière à imprimer un poème intitulé *Pégase* dans une présentation éponyme. Amusé par nos airs ébahis face aux grandes machines mystérieuses qui l'entouraient, le typographe les a nommées pour nous : presse à percussion, presse lithographique… Tout un monde fascinant, en fonctionnement depuis le dix-neuvième siècle.

Dans la pièce centrale de cet anachronique atelier s'ordonnaient des centaines de milliers de caractères fondus, moulés, fabriqués par Eugène lui-même. Je n'ai pas osé lui demander combien d'alphabets il maîtrise ; mais outre l'alphabet latin j'ai aperçu quelques hiéroglyphes, de l'hébreu, et bien d'autres signes encore, chacun d'eux disponible en plusieurs polices et plusieurs tailles. *Vendôme italique*, *antique olive*, *tempo black* et de nombreuses autres, à l'infini dans les rayons. C'est là que nous nous sommes installés le temps de trinquer et de grignoter sur une table minuscule, pendant que l'intarissable Eugène contait mille-et-une histoires.

Tout d'abord celle du vergé puis du vélin, ces papiers dont il connaît le moindre secret. Nous avons longuement admiré ceux qu'il fabrique lui-même, finement tissés et enchâssés de ses initiales en filigrane. Dans la troisième salle, d'autres curiosités nous attendaient : le clavier d'un monotype, les transcriptions sur bandes perforées. Et au fond de la pièce les deux grandes fondeuses, prêtes à entrer en action. Eugène, ravi de trouver un auditoire, s'est installé aux commandes d'une Linotype pour une démonstration. Fascinée je me suis laissée bercer par le ronronnement de la machine, ponctué par le défilé des caractères venant prendre leur place dans la composition. Cet homme m'est apparu à la fois comme un artiste, un puits de connaissances et un raconteur né. L'histoire d'Udo m'a particulièrement touchée. Davantage encore quand j'ai réalisé que je connaissais une des protagonistes de ce conte moderne.

– Qui, qui donc ?

– Ce n'est pas la première fois que je le remarque : les histoires les plus folles prennent souvent leur point de départ dans la vraie vie. Figure-toi qu'un soir dans une fête, j'ai rencontré Nathalie. Nous avons tout de suite sympathisé et découvert que nous étions quasiment voisines. D'un bout du quartier à l'autre, de sa maison à la mienne ou l'inverse, notre relation s'est assez vite transformée en une amitié solide. Les moments que nous passons ensemble sont certes irréguliers, tu sais bien, à cause de nos emplois du temps de saltimbanques. Mais ils sont toujours d'une richesse inouïe et d'une qualité exceptionnelle. Tu sais ce que je me dis à chaque fois qu'on se voit ? De telles rencontres ne sont pas si fréquentes. Nathalie est écrivaine. Et puis, conteuse aussi. Elle sait raconter des histoires comme personne.

– Attends… J'ai déjà entendu ça, non ?

– Eh oui ! Pour accompagner ses histoires, Nathalie joue de l'alto.

– Voilà, l'altiste !

– L'altiste, l'artiste que j'aimerais te présenter un jour. Sa curiosité d'écrivaine l'a menée à enquêter sur les secrets de fabrication des livres. C'est ainsi que Nathalie a rencontré, au cours de ses pérégrinations, un typographe. Pas n'importe lequel : le dernier en France – au monde, peut-être – : Eugène. Nathalie a une sœur, tu t'en doutes : celle-ci s'appelle Claire. Un jour, Claire a ramené un fantôme à la vie, qui s'appelait Udo. Tu connais la suite. »

Helena et moi laissons le silence s'installer. Il ne nous dérange jamais. Par la fenêtre, on regarde la fine bruine qui détrempe peu à peu l'horizon. *L'oiseau moqueur* s'est envolé depuis longtemps. Au bout d'un moment, mue par une inspiration soudaine, je descends à la cave chercher une autre bouteille et, après seulement une ou deux minutes de recherches tâtonnantes, déniche exactement celle que je cherchais. Je retrouve Helena, toujours pensive sur son pouf dans le salon et lance :

« Promenade ? »

Helena me connaît suffisamment bien pour se douter que j'ai une idée en tête mais elle ne pose aucune question ; quelques minutes nous suffisent pour enfiler nos manteaux et fourrer dans un sac la bouteille, un tire-bouchon et deux verres. Dans l'air saturé d'humidité nous marchons tranquillement jusqu'au grand cimetière d'Orléans. À quelques pas de celle de Jean Zay, exactement à l'endroit où Eugène me l'avait indiquée, je trouve la tombe que je cherchais. En silence, j'ouvre la bouteille au nom symbolique – *Exilé* – et nous levons nos verres à la mémoire d'Udo. Les petites bulles tourbillonnent tous azimuts, roses et légères comme un rêve d'enfant heureux.

Le vieil homme achève d'aligner méticuleusement les caractères de plomb. Le papier vélin nervuré, d'un blanc tirant sur un ton ivoire légèrement suranné, attend déjà sur la petite tablette ; l'encre noire, juste à côté. Il s'agit maintenant de rester concentré car chaque détail de l'opération a son importance, de la précision de ses gestes dépend le résultat final. Il sait que son savoir-faire mourra certainement avec lui. Qui, à l'ère de l'imprimante et du vite-fait, souhaiterait consacrer des journées entières à ressusciter des techniques archaïques tout en inhalant à pleins poumons des vapeurs de plomb fondu ? À son âge il devrait avoir cessé de travailler depuis longtemps et son corps lui rappelle à chaque instant à quel point il l'a épuisé. Mais, tout comme les vins qui racontent leur histoire, tout comme les nuages de tabac, la typographie est une de ses drogues nécessaires : s'il se prive de l'une d'elles, il en mourra. Désormais néanmoins il ne vient plus aussi souvent à l'atelier, la faute à ses articulations désespérément lentes et rouillées le matin. Il arrive rarement avant midi maintenant, un petit pas après l'autre et toujours escorté de sa chienne. Paradoxalement son esprit au contraire ne lui a jamais semblé aussi vif et les ouvrages qu'il réalise sont de plus en plus ambitieux. Luxe de la vieillesse exigeante, il accepte uniquement les réalisations qui l'intéressent.

Ce luthier avec son histoire d'étiquettes lui a bien plu. Cette requête-là ne sera pas difficile à satisfaire ; mais il serait curieux de revoir ensuite le jeune homme car il a perçu en lui la même soif qui l'anime depuis toujours : ce besoin vital, animal, d'expérimenter pour mener son art à la perfection. Il serait intéressant d'échanger des idées et des techniques avec lui, de mélanger un peu leurs trucs et astuces. Quelque chose de bon jaillirait probablement de ces échanges ! La possibilité a été évoquée aujourd'hui, trop rapidement, noyée dans la conversation fournie : quel incorrigible bavard il est ! Il leur a même parlé d'Udo. Voilà qui explique probablement son humeur mélancolique : voilà longtemps qu'il n'avait pas remué ses souvenirs. Foin de sentiments, il est temps maintenant de se ressaisir : tout est en place, le moment est venu de presser. L'étiquette semblera sortie tout droit d'un atelier crémonais du dix-septième siècle.

Benjaminus Paulus Aurelianis
Faciebat Anno 2…

XVII – Le message

Certains contes résonnent bien après que la voix du narrateur s'est éteinte : derrière un rideau de silence apparent, leur présence persiste. Les mots vibrent encore et encore, se prolongent, s'entrelacent et viennent colorer chaque pensée de leur écho. Les caractères nous deviennent étrangement familiers ; parfois les frontières s'estompent entre conte et réalité.

Je veux parler de tout cela avec Nathalie : mon amie écrivaine n'est-elle pas un des personnages de l'histoire d'Eugène ? Elle ignore que j'ai à mon tour rencontré le typographe et je brûle maintenant de le lui dire. Insomniaque, ou plutôt oiseau nocturne, Nathalie s'endort rarement avant l'aube et n'émerge généralement pas très tôt ; un coup d'œil à ma montre m'apprend qu'il est quatorze heures et j'estime pouvoir tenter un appel. Debout ou pas, elle ne doit pas être loin de son téléphone car elle répond à l'instant où retentit à mon oreille la tonalité de la deuxième sonnerie. Je n'ai qu'à prononcer le nom d'Udo pour que Nathalie soit submergée par un flot de souvenirs ; même à distance téléphonique je perçois l'émotion dans sa voix. Elle propose aussitôt de me présenter sa sœur Claire, depuis le temps qu'elle m'en parle, voici une occasion rêvée ! On se met rapidement d'accord pour qu'elles viennent passer la soirée chez moi ; la chaleur est écrasante depuis plusieurs jours, on attendra donc que la nuit tombe pour se retrouver dans la fraîcheur relative de mon jardin, sous le grand sapin. Elles arrivent à l'heure dite : Nathalie la brune et Claire la blonde, toutes deux joviales et avenantes. Leurs sourires sont contagieux. Lors d'un rapide passage par la cuisine on entasse pêle-mêle dans une glacière bien fraîche des bouteilles, du fromage et des fruits, puis on descend au jardin s'affaler dans l'herbe desséchée.

Malgré nos robes légères nous nous efforçons d'économiser nos mouvements car il fait encore très chaud, au point que nos orteils nus creusent la terre pour y trouver un peu d'humidité. Avant de parler, nous savourons l'instant de calme et la pureté de la première gorgée glacée.

Quelques chauves-souris filent en rase-mottes autour de nous dans la frénésie de leur premier vol de la nuit et l'instant se suspend à leur parcours affairé. Après quelques instants de contemplation toutefois, nous ne pouvons nous retenir davantage de parler et Udo ressuscite à nouveau. Les deux sœurs n'ont finalement pas grand-chose de plus à m'apprendre, Eugène a déjà donné tellement de détails. Mais la présence du Néerlandais raconté par des gens qui l'ont connu est de plus en plus palpable et son ombre plane amicalement parmi les chauves-souris, au-dessus du vieux sapin. La soirée passe comme un songe. À grand coup de toasts et d'anecdotes on arrose, on honore, on célèbre la mémoire d'Udo. Je ne sais quelle pudeur m'a retenue d'avouer sur le moment à Eugène comme son récit m'avait touchée : en me livrant ses souvenirs il n'a certainement pas imaginé à quel point il s'apprêtait à ramener son ami à la vie.

Après cette soirée en compagnie de ma chère Nathalie les échos du passé se font pendant un temps si présents dans ma tête que je perds le fil de la naissance de mon violon, celle qui pourtant occupait toutes mes pensées depuis des mois : la résurrection d'Udo a aspiré toutes mes énergies. Je passe d'excellents moments dans l'atelier de Benjamin, seule ou en compagnie d'autres violonistes de passage, mais je m'y sens comme détachée de la réalité : mon cerveau s'octroie une pause. J'accorde donc à mon esprit de jouer les estivants et, pour un temps, de flâner sans but. Lors de mes visites chez Benjamin, je le regarde travailler. Quelque part dans mon cerveau anesthésié flottent des bribes d'informations : quatre-vingt-quatre pièces dans un violon… N'est-ce pas énorme ? Et si peu de colle…

Je regarde Benjamin frotter ses épaules douloureuses à force de creuser, creuser encore la table de mon instrument qui sera si fine. La retenue s'impose en chaque geste pour ne pas écraser la pièce fragile, tellement légère : cinquante-six grammes dérisoires qui s'alourdiront lorsque viendra s'y coller la table d'harmonie, jusqu'à atteindre le poids de soixante-deux grammes !

Un matin, deux événements se produisent presque simultanément : partie de bon matin pour un long trajet vers la Bretagne, je m'arrête cependant peu après ma sortie d'Orléans sur le bord de la route, l'œil attiré par un éclat rouge brillant dans les arbres : les premières cerises ! Avec une pensée pour Helena et notre cueillette d'il y a un an tout juste, je ne résiste pas au plaisir de les goûter. Elles sont parfaites : juteuses, encore fermes – fraîchement mûres –, très légèrement acidulées et couvertes de rosée. L'été peut commencer, voici la première nouvelle ! La deuxième, c'est l'appel téléphonique de Benjamin.

« Je perce les ouïes ! »

Les ouïes : soudain tout devient concret. En ménageant ces deux ouvertures dans la table de mon violon, Benjamin s'apprête à permettre aux sons futurs de s'échapper de la caisse de résonance. Il va donner au violon la parole et la liberté de porter sa musique toujours plus loin, symbole que ce qui a été enfermé ne le sera pas toujours. Étape cruciale que je ne pensais pas rater mais que je manquerai pourtant, mon planning en ayant décidé autrement. Je fais route aujourd'hui vers l'ouest et ma Bretagne chérie, même si je m'arrêterai un peu avant d'en avoir franchi l'entrée ; ma destination se trouve au bout de la Loire, tout près de l'endroit où le fleuve rejoint l'océan. Benjamin, désireux de partager quand même ces moments précieux, m'envoie tout au long de la route de nombreuses photos de son travail. Les reliefs se dessinent et la table s'anime : la planche d'épicéa se métamorphose en instrument de musique. Pas encore sonore, mais tout près de le devenir. Plantée là sur le bord de la route, j'ai sous les yeux en photo la première ouïe de mon futur violon, et face à moi la Loire ondulante. Toutes deux serpentent joliment vers leur avenir.

Le jour suivant Benjamin m'appelle de nouveau ; il prévoit de coffrer mon violon d'ici deux ou trois jours. En d'autres termes sceller à la colle d'os la table, les éclisses et le fond. L'intérieur du violon ne sera ensuite plus exposé à la lumière avant très longtemps, et cela se produira seulement si une réparation le nécessite. Peut-être ne vivrai-je moi-même jamais cet événement. J'ai compris le message : je dois rentrer…

La fermeture de l'instrument approche et avec elle, le moment d'y apposer mon empreinte secrète. Ce poème auquel je n'arrête pas de penser, plus je le poursuis, plus les mots me fuient. Pourtant chaque jour je m'efforce d'écrire des textes plus ou moins longs, tristes ou gais, en vers ou en prose, mais jusqu'ici aucun n'a trouvé grâce à mes yeux. L'idée de laisser un message pour des siècles me paralyse, je crois que je suis trop petite… Je me suis déjà confiée à Benjamin à ce sujet mais il continue d'insister en douceur : déposer un message personnel à l'intérieur de mon propre violon, ça ne manquerait pas d'allure, quel meilleur moyen de créer le lien, dès sa naissance, entre mon instrument et moi ? Nous en avons parlé, reparlé mais jusqu'ici j'ai chiffonné tous mes brouillons : rien ne m'a paru digne d'être approfondi. Et maintenant, le temps presse ! Je commence à me demander si je ne ferais pas mieux de laisser la parole aux illustres : j'ai toujours adoré Aragon par exemple et possède même un carnet dans lequel je copie depuis longtemps les vers qui me plaisent particulièrement.

Je suis certaine d'y trouver les mots parfaits pour la circonstance. Il y a aussi ces mots d'Éluard, découvert récemment et que j'ai trouvé très beaux : *Je tiens le flot de la rivière comme un violon.* Aragon ou Éluard ? Je devrai bientôt les départager.

« Il te reste quelques jours pour y penser », a répété inlassablement Benjamin à chaque fois que j'ai évoqué l'idée, tant et si bien que nous sommes déjà dimanche après-midi : la semaine s'est écoulée à une vitesse insolente ! Demain je me rendrai à l'atelier pour recopier proprement les vers choisis, ceux d'Aragon, finalement : il m'accompagne depuis si longtemps. Assise dans le tramway j'observe du coin de l'œil une petite fille terminant visiblement ses devoirs à la va-vite avant de reprendre le chemin de l'école demain matin. Son week-end a probablement été rempli de mille événements bien plus dignes d'intérêt que de banals devoirs de classe : courir, lire, jouer, faire des gâteaux, goûter ; rire avec ses cousins, se disputer avec sa petite sœur, regarder enfin le film que sa meilleure amie lui a déjà raconté trois fois pour pouvoir, demain, en parler ensemble dans la cour de récréation. Rêver aussi, certainement. Et maintenant elle se retrouve là, avec ce petit travail à terminer. De mon fauteuil à sa droite je peux lire par-dessus son épaule : elle écrit des acrostiches. À partir de son prénom d'abord – Violette –, puis de ceux des membres de sa famille. La petite fille studieuse et sa maman descendent un arrêt avant le mien : il est grand temps pour Violette d'aller prendre son bain et de préparer son cartable.

Quelques minutes plus tard, gagnée par l'envie de jouer aussi, j'ouvre la porte de chez moi ; je raffole de ce genre d'exercice de style et m'attelle aussitôt à l'ouvrage, affine, réécris, change un mot, puis une virgule. Totalement absorbée par ce divertissement j'aboutis bientôt à un début de résultat prometteur. Je recommence, deux fois, trois fois, laisse l'idée se préciser : incroyable ! Je tiens mon message, celui qui se glissera dans mon violon ! Avec cet acrostiche autour d'un sobre « JULIE B » je ne prétends plus concurrencer les grandes plumes en les imitant, je confectionne quelque chose d'aussi universel qu'intemporel : une signature simple et enfantine sans prétention qui m'affranchit des poètes. Elle est mienne et ne correspondra à personne d'autre. Je recopie l'acrostiche encore et encore, m'appropriant mes mots, les prononçant à voix haute : ils coulent comme de l'eau. Leur sonorité complète à merveille l'esthétique de l'écrit, j'ignore si l'équilibre est parfait mais il me plaît. Je m'apprête finalement à signer, sans l'aide d'Éluard ni d'Aragon, mon message personnel.

Benjamin est très heureux lorsque je le lui annonce et s'empresse de sortir quelques feuilles vierges de papier vélin rapportées de chez Eugène. Nous commençons à réfléchir : quelle substance utiliser pour y calligraphier mon acrostiche ? Fusain ? Sanguine ? Encre de Chine ? Occupée à comparer ces diverses possibilités je ne décèle pas tout de suite la légère incertitude dans le ton Benjamin. Remarquant enfin le flou dans sa voix je lève vers lui des yeux interrogateurs et il finit par me livrer le fond de sa pensée : pourquoi ne pas écrire directement sur la table de l'instrument ? Oublier le papier et ne tolérer aucun intermédiaire entre l'épicéa et moi ? Ne subsisteraient alors que le bois et la poésie. Je me pétrifie instantanément. Écrire directement sur le bois, cela me paraît très risqué et je n'aurais aucun droit à l'erreur ! Mon luthier rétorque d'un ton moqueur que lui non plus n'a pas droit à l'erreur quand il fabrique un violon. Vu sous cet angle, je suis obligée d'en convenir, il a raison.

J'acquiesce, c'est d'accord : cessons de réfléchir et passons à l'acte. Benjamin installe pour moi un petit espace en pleine lumière, sur une table au centre de l'atelier. Il y dépose délicatement la table de mon violon, face retournée afin que le bon côté se présente à moi, puis délimite la surface sur laquelle je vais pouvoir écrire. Je me munis d'un crayon de papier extrêmement bien taillé, et d'une gomme. Comme un enfant appliqué du cours préparatoire je trace, studieusement, les premières lettres. Je tire même la langue en dessinant aussi joliment que possible les courbes et les arrondis, et reproduis mon acrostiche avec la plus grande attention. Mes yeux effectuent d'incessants allers et retours entre le modèle et la table de mon violon. Je tâche de ne pas écouter la petite rengaine dans ma tête qui murmure sournoisement *ad libitum* : soixante-deux grammes ! Soixante-deux grammes ! Soixante-deux grammes ! Une ou deux fois pendant l'opération, cette vision cauchemardesque me traverse l'esprit : concentrée sur ma tâche je finirais par m'appuyer un peu trop sur la fragile épaisseur de bois dont les soixante-deux grammes voleraient alors en éclats, pulvérisés par mon poids. Je ne dois surtout pas non plus oublier un mot, je n'ai pas droit au brouillon et tremble à l'idée d'une horrible rature aussi indélébile qu'une balafre à travers le bois. Mais tout se passe aussi bien que possible. Une fois le texte soigneusement recopié au crayon de papier, la surface est aussitôt vernie par Benjamin, afin de fixer l'acrostiche avant que je ne repasse mes lettres à l'aide de la mine noire extra fine d'un feutre permanent. Voilà, c'est terminé : mon violon et moi sommes désormais liés par ces quelques lignes indélébiles. La tête renversée en arrière je laisse échapper un long soupir de soulagement.

Le moment est enfin arrivé de procéder au collage. Au coffrage. Mystérieux et inépuisable pouvoir des mots : encore un qui m'embarque immédiatement. Un coffrage ! Je m'engouffre dans la sulfureuse évocation de malles, de cartes, de trésors cachés et de mer turquoise, celle des

Caraïbes évidemment. À l'abordage, nous coffrons ! Plus que quelques minutes et la table, les éclisses et le fond de mon violon s'uniront pour la première fois et ne se sépareront pas de sitôt. Afin de célébrer dignement l'instant Benjamin déniche dans la cuisine de petits verres à liqueur et tout le temps que dure le collage, nous sirotons une sorte de gin tchèque contenu dans un joli flacon de verre, d'un bleu aussi translucide que celui de la mer des Caraïbes. Et c'est ainsi qu'entre deux minuscules gorgées sirupeuses je regarde se refermer lentement le coffre sur le secret de mon message, dont nous resterons les seuls à connaître la teneur… Jusqu'à quand ?

La clarté du jour se faufile entre les deux fines ouvertures, diffusant sa douce lumière dans la pénombre. Les dernières poussières de bois ont cessé de voleter et le calme s'est enfin installé dans le cocon. L'atmosphère douillette surprise par un œil observateur à l'intérieur du violon est une invitation à rétrécir, rétrécir encore, jusqu'à pouvoir se faufiler par les ouïes et se blottir là comme dans le ventre d'une mère.

XVIII – Vers la mer

Février 1993, Châteauroux (France)

En voiture ! Aujourd'hui en compagnie de quelques camarades du conservatoire nous partons vivre notre première vraie expérience d'orchestre symphonique. Ma mère nous conduit jusqu'à Poitiers – le bout du monde ! – où nous nous apprêtons à donner, pour la première fois en France, une œuvre colossale du compositeur américain Philip Glass : *Itaipu.* Futuroscope, cathédrale de Chartres, palais des congrès… Les lieux des concerts s'annoncent prestigieux pour nous qui jusqu'ici n'avons encore jamais joué ailleurs que dans notre petite ville… Davantage qu'une tournée, c'est une véritable croisade qui nous attend, la conquête de l'inconnu ! Surexcitée, j'ignore encore que beaucoup de décisions cruciales se joueront pour moi en l'espace de ces quelques jours : je ne me doute pas que quatre ou cinq mois plus tard, j'amorcerai un virage décisif en rejoignant à Orléans un orchestre de jeunes et brillants musiciens sous la direction de ce chef réputé dont la baguette m'accompagnera ensuite jusqu'à sa mort. Mais en ce froid février de mon adolescence turbulente, je me préoccupe assez peu de savoir ce que l'avenir lointain me réserve et suis surtout affamée par l'aventure et les rencontres à vivre le plus intensément possible cette semaine-là.

Minuscule, je reçois de plein fouet la vague de la musique répétitive, blottie au sein d'un orchestre monumental accompagné d'un chœur qui ne l'est pas moins. L'œuvre de Glass symbolise l'immensité d'un barrage construit au Brésil : Itaipu, « pierre qui chante ». Ravageant au passage la vie naturelle et tribale établie là depuis des millénaires, cette construction humaine gigantesque représente assez bien le combat entre modernité et tradition. En 1989, Philip Glass a composé ce paysage symphonique à la demande de l'Orchestre d'Atlanta, juste après s'être trouvé face au titanesque ouvrage lors d'une visite dans la région du Mato Grosso. Le compositeur a d'ailleurs affirmé par la suite que la structure de l'œuvre musicale lui apparut presque immédiatement tant son trouble fut puissant. La pièce se déroule en quatre mouvements ; le premier se nomme *Mato Grosso*, comme la région. Il ancre doucement l'auditeur dans un décor contrasté et quelque peu mystérieux. Viennent ensuite *Le lac (The Lake)*, puis l'impressionnant *Barrage (The Dam)*. Enfin, le final embarque un auditeur encore tout chaviré *Vers la mer (To the Sea)* et l'ultime quiétude des dernières mesures.

J'ai quinze ans à peine. Peut-être parce qu'elle restera le premier vrai grand chantier musical auquel j'ai participé, cette œuvre me marque profondément. Certaines émotions, plus particulièrement peut-être celles liées à la musique, restent gravées en moi de manière indélébile. Ainsi, aujourd'hui encore, les premières notes d'*Itaipu* me transportent instantanément dans un univers d'une force indescriptible. Les images des répétitions, les visages, la scène, tout me revient en mémoire et la mélopée profonde des bassons me submerge.

Juillet 2019, sur le chemin de l'océan

L'esprit avide d'escapades estivales je laisse paresseusement mes pensées dériver vers elle. Vers la mer, *To the Sea*. Le dernier mouvement d'*Itaipu* flotte dans l'atmosphère tranquille tandis que juillet traîne dans son sillage des couleurs vives, des rives presque à sec, des soleils du soir incendiant la Loire et des jardins qui s'assèchent tout autant que les gosiers ; des soirées incandescentes, où plus rien ne compte que de se raconter des histoires jusqu'au bout de la nuit, en guettant la fraîcheur de l'heure bleue. Celle, par exemple, d'un violon coffré certes, mais pas encore achevé. Ses traits s'affinent cependant, et l'on peut déjà se prêter au jeu des ressemblances de l'instrument avec ses valeureux ancêtres. La photo d'un Stradivarius se pavane sur le lutrin dans l'atelier de Benjamin.

Juillet s'avère propice aux navigations jusqu'à des amis éloignés. C'est ainsi que je suis paisiblement le cours de la Loire jusqu'à Mauves, sous les arômes du Coteaux-d'Ancenis. Je suis attendue tout près, au village dit Le Cellier : j'y ai rendez-vous dans un château extraordinaire ayant appartenu autrefois à un acteur célèbre, le château de Clermont. Aujourd'hui, les logements qui y ont été aménagés abritent une joyeuse troupe de locataires, vivant en harmonie avec le somptueux décor environnant. Une bambouseraie échappant désormais à tout contrôle s'étale et se prélasse jusque dans l'ancien potager en surplomb de la Loire. On raconte que de sympathiques fantômes festoient la nuit dans les souterrains… La nature se montre fantasque mais rien ni personne ne se prend au sérieux dans ce château : les apéros y coulent à flot, souvent bien après la tombée de la nuit. Là, je passe chez mon amie Alice de savoureux moments. Nous nous connaissons depuis la naissance et nous voyons rarement, si bien que nos conversations et nos rires se poursuivent tard dans la nuit pour ne pas perdre une seconde de cette délicieuse joie estivale. Juste en contrebas, je perçois la présence quasi surnaturelle du fleuve.

Mais quel fleuve ? Je n'en suis plus aussi sûre. Des trémolos de cordes affluent en vagues retenues. Celles-ci sont enserrées par des cuivres puissants, éclusant dans leur *ostinato* la tension dramatique de tout un orchestre. Un chœur au loin scande le même mot sans jamais se lasser :

Itaipu. Itaipu. Itaipu. Itaipu. Itaipu. Résonances d'une langue amérindienne oubliée : le *guarani*.

Pendant ce temps à Orléans Benjamin creuse. Muni de son trusquin, il creuse encore et encore, jusqu'à ce qu'une fine gorge se dessine tout autour de la table du violon. Puis vient le tour du fond. Creusés, marqués, gravés. Dans cette blessure béante le luthier incruste, jusque tard dans la nuit, un feuilletage de choix : sulfate de fer, bois de campêche, copeaux de poirier teintés en noir. Ce mélange aux accents mêlés de fruits mûrs et de bois tropicaux vient docilement s'étendre dans les sillons. Sa nuance sombre tranche sur la pâleur brute de l'érable et de l'épicéa. Benjamin aura bientôt terminé de poser les filets du violon. Les filets des anciens pêcheurs du Mato Grosso ne sont plus relevés quotidiennement désormais : le poisson est parti. *Itaipu. Itaipu. Itaipu. Itaipu.*

Seul phare à l'horizon : une flûte. Ses arpèges affluent vers un unique point d'orgue final. Mais l'auditeur doit patienter, encore un peu. Se laisser voguer sans crainte. L'onde se gonfle, le courant s'intensifie en syncopes des cordes : de douces harmonies de cors arrondissent les angles cependant, comme une voile sous la brise légère. *Itaipu. Itaipu. Itaipu.*

La mélodie s'entête et la tête du violon précisément se profile. Benjamin sculpte la volute, dont la spirale revêt bientôt la forme parfaite d'un somptueux coquillage. Si on l'approche tout près de l'oreille on entendra la mer. J'écoute la mer. Les vagues syncopent. Syncopes. Syncopes. Les bois s'approchent à pas de velours. Syncopes. Bassons. Syncopes. La flûte maintient le cap sur cet horizon constant, au-dessus de la masse aquatique et sombre. *Itaipu. Itaipu.*

Benjamin, seul maître à bord, raccorde les éléments. Les pièces s'assemblent. Tout converge, tout prend forme. La touche, la tête, le manche, le coffre garni de ses filets et de ses ouïes s'unissent pour la première fois. Tout est là.

Inéluctablement et de plus en plus sereinement, l'océan se profile à l'horizon. Pour moi, c'est l'océan Atlantique, tout au bout de la Loire et même au-delà, encore plus loin, sur une île : Oléron. Ses chalutiers, ses huîtres, ses capitaines au long cours, ses vins accueillants et ses châteaux de sable.

Juillet m'assèche. La musique alentour se fait assourdissante. Le fleuve Paraná s'engouffre à grand fracas dans la cascade des Sept Chutes. Lui aussi poursuit son chemin vers l'Atlantique.

Benjamin embarque avec mon violon dans l'avion qui l'emmènera dans un petit coin d'Estonie, à l'orée du golfe de Finlande. Assis au bord de l'eau sur un tabouret en bois, il contemplera la naissance du mois d'août : le luthier part présenter son fils à sa belle-famille estonienne. Mon cœur frémit de bonheur à l'idée que même sans moi, mon violon voyage déjà. Il recevra là-bas un certain nombre de couches de vernis : une par jour, séchées à l'air champêtre des environs de Tallinn.

Dans un mouvement de flux et reflux bien huilé se superposent inlassablement les mêmes motifs : l'eau, le bois, le vin. La musique.

La flûte distille ses arpèges cristallins et limpides. Plus rien ne se profile à l'horizon qu'une traversée en douceur vers l'harmonie profonde. Seule compte la plénitude procurée par l'eau. Bien-être primal. Nirvana. Pierre qui chante. Fleuve royal. Loire. Fleuve sacré. *Itaipu.*

Il vient tout juste d'appliquer la neuvième couche de vernis : ne lui reste qu'à suspendre l'instrument. L'air qui entre par la fenêtre ouverte n'est ni trop chaud, ni trop froid et toutes les conditions sont réunies pour un séchage en douceur. Demain, il lui faudra décider s'il ajoute une couche supplémentaire. La couleur ambrée du violon promet d'être magnifique, bientôt on connaîtra sa voix... Le luthier sait déjà qu'il a bien travaillé.

XIX – Rock and khôl

Dehors des enfants jouent au ballon : leurs cris de joie nous parvenant par la fenêtre ouverte se heurtent au silence régnant sur la pièce. Très concentrée à sa table de travail Anaïs esquisse, gomme, croque, révoque, recommence. Perchée près d'elle sur un tabouret je me fais aussi discrète que possible afin de ne pas rompre le fil de son inspiration. Délicatement soulevée par un léger souffle venu du dehors, une fine mèche de cheveux volette de part et d'autre de son front. Anaïs et moi sommes irrémédiablement tombées l'une sur l'autre voici plusieurs années au hasard d'une mémorable expédition manigancée par une amie commune. J'ignore si l'on peut dans notre cas parler d'un coup de foudre mais je sais avec certitude que notre rencontre s'est placée d'emblée sous le signe de l'instinct et de l'immédiat. Loin de mes habituels décors de théâtre feutrés je me retrouvais ce soir-là, au hasard d'une invitation de dernière minute, entassée avec quatre autres filles dans une toute petite voiture pour un trajet d'une centaine de kilomètres vers une fête dont je ne savais rien ; à mes côtés dans l'habitacle Anaïs, aussi ignorante que moi de l'objet de la soirée. Libres à l'époque de toute contrainte nous nous laissions l'une et l'autre happer en confiance par les surprises d'une de ces expéditions dont notre amie commune possède le secret : c'est à n'en pas douter un talent rare que de savoir enfermer plusieurs inconnues dans un espace restreint et de parvenir à une telle alchimie.

L'heure de trajet nous donna tout le loisir de briser la glace avant d'atteindre notre destination ; la voiture finit par s'arrêter à l'entrée d'un parking souterrain, duquel jaillissaient les hurlements d'un improbable et jubilatoire concert de rock. Après quelques minutes hébétées Anaïs et moi décidâmes dans le même éclair stroboscopique de nous jeter dans la fosse : quitte à être là, autant ne pas faire les choses à moitié ! Je ne conserve que peu de souvenirs de la soirée mais lorsque je les convoque ils clignotent dans ma tête. Flash, arrêt sur image : Anaïs accroupie rattache le lacet de sa Converse imprimée façon tissu écossais. Flash : un sourire aux lèvres, Anaïs se balance en cadence d'un pied sur l'autre. Flash : instantané d'un saut parfait, Anaïs bras levés vers le ciel flotte à trente centimètres du sol. Une heure après l'arrivée nos hurlements et nos sueurs se mêlaient dans de sauvages éclats de rire au son saturé craché par les enceintes. L'éclat de cette première soirée vécue ensemble a scellé notre relation à tout jamais, c'est du moins le souvenir que je conserve de notre rencontre ; Anaïs, elle, détient une tout autre version. Elle affirme que nos chemins se sont croisés pour la première fois dans un minuscule bistrot enfumé de mon ancien quartier, lors d'une délirante soirée sur fond de paillettes et de vin rouge. Laquelle de nous a raison, cela m'est égal : la vérité, c'est que ces deux soirées folles ont bel et bien existé et peu en importe la chronologie, nous les avons vécues ensemble ! Elles ont tissé entre nous des liens aussi solides que fantasques, regorgeant de paillettes éclatantes. Anaïs et moi avons d'un commun accord renoncé à prévoir des choses en particulier lorsque nous nous voyons : ensemble nous sommes tout bonnement incapables de nous en tenir au plan.

Mais aujourd'hui c'est différent, aujourd'hui c'est sérieux : l'image de la volute du Sunrise ne m'a jamais quittée et, alors que je ne cessais de me demander comment enjoliver celle de mon violon, ou plus justement qui oserait se lancer, Anaïs m'a proposé de s'y essayer. J'en ai bondi de gratitude : son coup de crayon est fantastique. Je la vois toujours tellement occupée à courir d'un projet à l'autre que je ne m'étais même pas autorisée à lui demander. Par bonheur elle n'a pu résister à ce défi et c'est elle qui est venue à moi : je trouverai le temps m'a-t-elle promis.

Comme pour s'empreindre de l'épure à venir elle m'a ouvert la porte toute de gris vêtue. Son sens aigu du détail m'impressionnera toujours : quelle que soit l'occasion, Anaïs possède la garde-robe adéquate et je me risque souvent à des paris. Porte-t-elle une robe en vichy ? Probablement un pique-nique champêtre s'annonce-t-il pour le déjeuner. Un chemisier col Claudine et un sage cardigan ? Je mise alors sur une présentation de ses œuvres à une huile quelconque. Une robe graphique agrémentée de collants en lamé et de baskets à semelles compensées démesurées, le tout surmonté d'un chapeau-cloche ? Alors, probablement se rend-elle à une extravagante soirée de designers dont elle sera le chef-d'œuvre et où tous les regards convergeront vers son esthétique silhouette. Tissu, papier, plastique, quel que soit le support sa créativité demeure en éveil permanent. Ce matin, le nuancier d'Anaïs se réclame d'une sobriété quasiment monochrome : pantalon gris à carreaux, chemisier gris pâle à volants, fin gilet gris ardoise. Élégantes socquettes blanches rehaussées d'un liseré gris acier. Sneakers argentés. En bonus, même le gris bleuté des cernes fatigués d'Anaïs se fond parfaitement dans le camaïeu ambiant. De rares touches de couleur exaltent cependant le tableau : la barrette vert émeraude pailletée qui retient ses cheveux – blonds ces jours-ci – afin que ceux-ci n'envahissent pas son champ de vision ; et son regard bleu limpide et perçant. Proportions, style, réalisme… Anaïs traque sous mes yeux les moindres détails avant de les coucher sur le papier.

Le thé partagé vite terminé et les dernières miettes de croissant débarrassées, elle s'est attelée à la tâche sans perdre de temps. Bientôt mon violon sera prêt ; presque, pas encore tout à fait maintenant ! Voici venue l'heure du prélude à la touche finale et les mains expertes de Benjamin l'apprêtent pour un maquillage si léger : pellicule infime et minuscule qui n'excédera pas quelques centièmes de millimètres. Un infiniment petit, ô combien précieux pourtant… Ce mélange délicat protégera l'instrument et rehaussera discrètement sa beauté. Patiemment, jour après jour de son escale estonienne, Benjamin étale le vernis sous le pâle soleil balte. Une couche après l'autre, lentement appliquées à l'aide d'un précieux pinceau composé de poils de martre de Sibérie. Il me suffit de fermer les yeux et de tendre le nez pour que l'odeur légèrement camphrée parvienne à mes narines.

Le subtil vernis de Stradivari a fait couler tant d'encre et déchaîné nombre de passions, au point de devenir légende. Certains scientifiques se sont arraché les cheveux à en étudier la composition, molécule par molécule. Ils ont certes réussi mais la révélation de cette recette miraculeuse n'a finalement pas déclenché l'exultation attendue ; elle est même pour ainsi dire passée relativement inaperçue. Après tant de remous, pourquoi le sujet a-t-il si rapidement fini aux oubliettes ? Bien au-delà de l'étude microscopique, je crois n'être pas la seule à préférer voir le mythe perdurer. Nulle exploration chimique n'est assez solide pour ébranler l'imaginaire de nos quêtes éternelles. Huile de lin, propolis, sève de mélèze. Huile de lavande. Benjoin. Sang-dragon ! Comment résister à la connotation légendaire de tous ces trésors de la nature dissimulés dans le vernis d'un violon ? Leur magie s'étoile aussi au cœur de certaines eaux de luxe : *Shalimar*, *Opium*… Rêves parfumés sur papier glacé. Pendant qu'Anaïs invoque ses muses, une sculpturale silhouette parvient à se frayer un chemin en clair-obscur à travers mes pensées musicales et je descends de mon tabouret pour aller brancher les enceintes. Bientôt en toile de fond, veillant sur le travail d'Anaïs, la voix de Gainsbourg encense Bardot. Je m'abandonne et perçois dans l'air une fugitive fragrance de benjoin.

C'est étrange et fascinant comme la plupart des composants du vernis d'un violon sont connus depuis la nuit des temps pour prendre soin des gens. Ainsi la propolis et le benjoin calment certaines affections, la lavande apaise les sens. Du jasmin indien à l'açai du Mato Grosso la nature s'impose en complice indispensable de toutes les beautés, glacées ou non, et finit toujours par avoir le dernier mot. Et donc… si la légende du vernis de Stradivari n'en était pas une ? Et si ses merveilleux instruments provenaient avant tout d'un immense savoir-faire, de la conscience et du respect du mot « soigner », d'une recherche vivante au plus proche de la nature et des origines ? Les violons magiques de Stradivari nous conteraient alors l'histoire d'une quête, d'essais renouvelés jusqu'à la perfection. Un artisanat davantage naturel que mystérieux où l'imaginaire collectif, dérivant bien trop loin de son essentiel, se serait égaré. Ainsi naissent parfois les secrets.

Maquillage, parfum… Et pour compléter ces rituels de beauté le tatouage d'Anaïs, bijou arachnéen dont se parera mon violon, infiniment précieux puisque dessiné par mon amie. Attention cependant a-t-elle précisé : elle crée le modèle mais ne touchera pas au violon, je dois garder cela à l'esprit. Le bois ne constituant pas un support qu'elle connaît suffisamment pour le travailler en confiance, il me faudra trouver quelqu'un pour copier son travail sur la volute. J'y songerai sérieusement lorsque Anaïs aura terminé mais pour l'heure elle tâtonne encore, explore chaque idée. D'un geste ample elle froisse quelques feuillets et les jette au sol, jugeant que ceux-là ne méritent pas qu'on s'y attarde davantage. Place nette : sur la table s'étalent désormais plus librement les pages choisies ainsi que des morceaux de papier calque de différents formats et une armée de crayons couvrant toutes les nuances du gris pâle au noir d'encre.

« Il faut que tu me parles encore de tes fleurs et de ce dessin, décide-t-elle. Ça m'aide quand tu me racontes. »

Avec gourmandise je lui répète l'indispensable rose ; mon rosier *Pierre de Ronsard,* celui que je préfère et auprès duquel je passe tellement de temps. À ses pieds dans le jardin, j'ai traîné à grand peine un gros pavé ancien, très peu confortable mais d'un romantisme tellement charmant. Souvent je m'y assois et tant que sa dureté ne m'incommode pas trop, je lis, j'écris, je réfléchis ; au bout d'un certain temps face au confort l'esthétique s'incline et je termine immanquablement assise par terre dans l'herbe plus douce, juste à côté du pavé. Installée là sur le sol tendre je peux rester de longues minutes encore à m'inactiver sereinement, pendant que les boutons ronds et compacts de mon *Ronsard* donnent naissance à des chefs-d'œuvre joufflus dignes d'un tableau de Fragonard. J'ai même découvert que l'emplacement devenait un lieu de sieste très confortable si l'on cale un coussin sur le gros pavé. Allongée au pied du rosier avec pour ciel de lit la plus romantique des vues fleuries, je contemple alors la vie en roses.

La suite, me réclame Anaïs, griffonnant sans interruption, la suite ! J'effeuille pour elle ma seconde fleur fétiche, plus dépaysante celle-ci : le vénérable jasmin. Cette première fragrance qui m'accueille dès l'arrivée à chaque séjour en Inde et que je suivrais n'importe où à la trace. Dans la rue, devant les écoles, au marché… Impossible pour moi de résister à cette fleur sacrée. Les femmes indiennes décorent leurs cheveux avec ses grappes de clochettes blanches, on le dépose aussi en offrande dans les temples. Dans les marchés le plus souvent, ce sont les hommes qui le tressent et le mêlent à d'autres fleurs pour en confectionner des guirlandes décoratives. Longtemps j'ai cherché le nom de cette variété précise qui m'ensorcelle en Inde, pour enraciner un peu de ce pays dans mon jardin ; je sais désormais qu'il s'agit du *jasminum sambac* mais je continue de l'évoquer par le nom que l'on dit vulgaire, revêtant pourtant des allures de beauté exotique : le jasmin d'Arabie.

Rose et jasmin. Leurs courbes loin d'être rivales se sublimeront mutuellement, j'en suis sûre. Bientôt je n'ai plus besoin de parler : les mains d'Anaïs ont pris leur envol et je contemple leur ballet avec émerveillement. Tout en légèreté ses crayons flattent le papier de leurs caresses douces ou parfois plus insistantes, passant et repassant en un même endroit, et creusent les ombres au point de fragiliser la mince feuille de papier. Tandis que les nuances de gris se multiplient, l'esquisse s'affine progressivement sous mes yeux et je regarde mon amie plonger la tête la première au cœur d'infinis et vertigineux détails. Tant de minutie dans cette chorégraphie ! Chaque pétale est précisément pensé et chéri, son inclinaison accompagnée de la pointe du crayon jusqu'à ressentir le souffle d'air qui l'a provoquée. Le temps s'immobilise au bout des doigts d'Anaïs. Bientôt fleurit sous mes yeux un délicat motif asymétrique : des corolles de jasmin, certaines écloses, d'autres en bouton, pour le profil droit de la volute. Une seule et unique rose fièrement épanouie pour le côté gauche, celui du cœur. Je n'ai sous les yeux que deux feuilles de papier mais elles semblent vivantes et je peux déjà me représenter l'aspect final sur le violon. Me voici comblée au-delà de mes espérances ! L'émotion qui me saisit par surprise me ramène à l'instant où, chez Benjamin, je tombais pour la première fois sur la photo du Sunrise. Mais en plus intense encore car le dessin que j'ai sous les yeux a été imaginé pour moi : Anaïs me fait cadeau non seulement de cette création mais également du temps si précieux qu'elle vient de me consacrer.

Je remercie mon amie avec effusion ; comment célèbrerons-nous cet extraordinaire cadeau ? Afin de se montrer digne du rock'n'roll en parking souterrain et des créatures pailletées de cabaret, l'affaire exigera de déployer des trésors d'imagination mais je sais, sans aucun doute possible, que nous trouverons. Plus tard cependant, pas maintenant car ma quête ne s'arrête pas là et le temps semble soudain s'accélérer.

Jusques en haut des cuisses
Elle est bottée
Et c'est comme un calice
À sa beauté
Elle ne porte rien
D'autre qu'un peu
D'essence de Guerlain
Dans les cheveux.

Serge Gainsbourg

XX – Rivières souterraines

Quelle main habile transposera le modèle sur la fine volute ? Le suspense dure un peu trop : Benjamin m'avait parlé à l'origine d'une talentueuse restauratrice de tableaux de sa connaissance, rompue aux techniques anciennes de peinture à l'huile. Mais alors que celle-ci avait accepté de tenter l'expérience, elle a finalement préféré renoncer devant la finesse du croquis d'Anaïs. Un coup dur auquel je ne m'attendais pas et je dois me rendre à l'évidence : la perle rare ne sera pas facile à trouver. Si même la plus adroite spécialiste du dix-huitième siècle n'ose pas se lancer, rien ne sert à mon avis de s'enquérir d'un nouveau peintre. Pour ce travail de précision il faudra donc un autre genre d'expert. Oui, mais… lequel ?

Mon premier instinct m'oriente vers un tatoueur, mais une question de taille subsiste : quel type d'outil celui-ci utiliserait-il sur une surface tellement différente de son terrain habituel ? Jamais le bois, si souple soit-il, n'égalera la tendresse de la peau. Ne connaissant aucun tatoueur alentour qui pourrait guider ma réflexion, je décide prudemment de mettre l'idée de côté. Une deuxième piste plus prometteuse émerge alors : *quid* d'une plongée dans les méandres de la calligraphie ? Plus j'y pense, plus l'idée me paraît séduisante : en effet qui œuvrera plus finement qu'un spécialiste de la *belle écriture* ? Une fois encore la chance me sourit, à deux pas de chez moi de surcroît ! Il me semble bien avoir aperçu dans l'une des mignonnes venelles de mon quartier l'atelier d'un calligraphe, il ne sera pas difficile de retrouver l'adresse exacte ! Cela ne me prend pas longtemps et, en furetant sur internet, j'ai vite fait de découvrir un aperçu du splendide travail de mon presque voisin.

Yactubeh : tel est son nom d'artiste. J'ai préféré lui téléphoner d'abord afin de lui expliquer mon projet mais après un bref échange il m'invite à passer le voir le jour-même. Impatiente et curieuse à la fois, je me faufile dans sa venelle en croisant les doigts : pourvu qu'il comprenne ma démarche !

Pour accéder au refuge du calligraphe il faut traverser un très long jardin. Tout au fond, séparé du monde réel par une invisible frontière, se trouve son royaume magique : une maisonnette directement issue d'un conte enfantin. Il s'agit là de mon premier contact avec un art dont j'ignore tout mais Yactubeh m'accueille chaleureusement, commençant par me proposer un thé ; tandis que nous prenons place dans des fauteuils autour d'une vaste table basse et ronde en métal, il me tend une assiette de dattes. Mise à l'aise par cet accueil chaleureux je me laisse aller contre les coussins et observe les lieux. Au centre de la pièce inondée de lumière trône une immense table à dessin jonchée d'encres, de feutres, de plumes et d'accessoires divers. Des tableaux achevés éclaboussent les murs de couleurs et d'écritures orientales, tandis que les travaux en cours s'étalent sur la table ou sur des chevalets. La pièce n'est que clarté, couleurs, lignes pures et arabesques.

La dernière datte avalée, Yactubeh bondit souplement de son fauteuil et s'empresse de dégager quelques centimètres carrés sur une planche afin que je puisse lui montrer mon modèle. À peine le croquis posé sur la table, le calligraphe se saisit du morceau de bois fourni par Benjamin à cet effet. L'ayant porté à hauteur de ses yeux il en observe longuement le motif ; immobile, il scrute. Je n'ose même plus respirer. Enfin, se saisissant d'un feutre, le voilà qui entreprend d'esquisser quelques traits sur l'échantillon verni. Alors que j'observe en silence de quelle manière il s'approprie le modèle d'Anaïs, je suis rapidement saisie par la précision de son tracé, et quelques secondes me suffisent alors pour acquérir la certitude qu'il reproduira le dessin à la perfection.

Quelques interrogations subsistent tout de même et Yactubeh souhaite en apprendre davantage quant au déroulement des opérations, notamment leur chronologie. Je sais déjà que Benjamin souhaite au préalable appliquer un léger vernis sur la volute afin que le bois ne soit pas pénétré par l'encre du calligraphe. Problème, ce dernier a toujours dessiné sur le bois brut, et apposé le vernis dans un second temps seulement. Il me montre un tableau, puis un tabouret, sur lesquels il a procédé de la sorte. Il ne sait travailler que de cette manière affirme-t-il ; de plus il ignore si l'encre, appliquée sur un bois préalablement verni, acceptera de s'y fixer. Le serpent se mord la queue et la situation paraît insoluble ; seule une rencontre entre Yactubeh et Benjamin pourrait permettre un consensus et je croise les doigts pour qu'ils tombent d'accord : le calligraphe est mon seul espoir et, en partant, je le lui répète désespérément jusqu'au pas de la porte.

Une nouvelle fois le lendemain je dois partir vers l'ouest pour un concert mais à mon retour le week-end venu, quelle heureuse surprise d'apprendre que Benjamin et Yactubeh se sont rencontrés, apprivoisés et qu'ils ont pu s'accorder sur un *modus operandi* ; Yactubeh appliquera l'encre de Chine sur la volute très légèrement vernie, avant que plusieurs fines couches ne viennent plus tard délicatement tamponner le motif afin de le fixer en douceur. Yactubeh a fléchi et mon rêve semble enfin autorisé à prendre forme ! Il ne promet rien, me met-il en garde : c'est une première. Quoiqu'il en soit, Benjamin et lui se sont grandement appréciés ; afin de poursuivre cette découverte mutuelle ils ont décidé de se retrouver le soir même de leur rencontre pour boire un verre et jouer de la musique ensemble avec un ami oudiste de Yactubeh. Je ne suis même pas étonnée d'apprendre que notre calligraphe est, de longue date, lié d'amitié avec Eugène le typographe.

Il y a quelque chose d'irréel et de fou à constater la manière dont les gens s'assemblent autour de mon projet. J'adorais écouter Pierre Barouh, parolier formidable et homme cher à mon cœur, se réjouir des sommes de minuscules connexions parvenant à relier certains êtres humains : quel que soit le chemin emprunté ceux-ci finiront inéluctablement par se rejoindre. Depuis le germe de l'idée première jusqu'à aujourd'hui, la vie palpite et grandit dans l'âme de mon violon et unit autour de lui des inconnus venus de toute part. Pierre Barouh appelait ce phénomène les rivières souterraines.

En quittant l'atelier de Yactubeh l'autre jour, un tableau sur le mur a attiré mon regard et je me suis placée juste devant pour l'admirer de plus près. Parmi d'autres productions, cette composition d'une remarquable finesse semblait m'adresser un signal particulier, je m'y suis donc attardée. Massés sur un étrange navire évoquant irrésistiblement les portées d'une partition, les caractères arabes s'élancent gracieusement vers le ciel, comme concentrés sur un objectif commun : s'échapper fougueusement de la toile. L'œuvre bouillonnait d'énergie. Le calligraphe qui s'était approché silencieusement derrière moi m'a glissé :

« Quel hasard étrange que parmi toutes mes œuvres, tu t'arrêtes précisément devant ce tableau ; tu ne pouvais pas le savoir mais il parle de violon, et de musique. Extraordinaire coïncidence, tu ne trouves pas ? »

Tout est en place. Vers cet instant précis convergeaient toutes mes rivières souterraines : le chef d'orchestre adoré, mon cher quatuor à cordes, les amis précieux avec qui je partage en musique mes paillettes les plus intimes. La vigne fragile, le soleil des bords de Loire et le vin diaphane. Le bois de mon violon jumeau. La rose tendre et l'empreinte indélébile du jasmin. *La Jeune fille et la Mort.* L'Inde sacrée, la rédemption d'Udo, le J de Julie enlacé aux veines du bois et la larme de *Lacrima*. Les violons nomades de Yactubeh et le parfum de la cardamome. Une bouffée de gratitude me submerge soudain.

Un vent d'allégresse
Parfois m'entoure
Insoutenable et légère
Étrange étrangère
Diva passagère
Du point du jour
Elle vient d'un infini
Impalpable alchimie
D'une enfance au-delà
Elle me touche du doigt
La spirale du temps
M'offre tous ses printemps
Et me laisse attendant
Qu'elle réapparaisse l'allégresse
L'allégresse…

Pierre Barouh

Les violons pleurent avec les Gitans qui partent pour l'Andalousie
Les violons pleurent les Arabes qui sortent de l'Andalousie.

Mahmoud Darwich

XXI – *Glas*

En langue bretonne un seul et même mot désigne tout à la fois la couleur du ciel et celle de l'océan. Ce mot englobe la palette entière des nuances de gris, de bleu et de vert contenues dans la nature. *Glas*, c'est la couleur mystérieuse des yeux d'Oskar et je me noierais volontiers dans leur immensité. L'accordéoniste à l'énigmatique regard *glas* possède le talent de mêler tout à la fois sous ses doigts magiques d'antiques histoires de veillées au coin du feu, la nostalgie de souvenirs sépia et, *last but not least,* un swing d'enfer. Probable héritage de ses ancêtres marins la musique qui coule dans les veines d'Oskar, bien que solidement ancrée dans son terroir bigouden, revêt des sonorités métissées : du folklore breton au jazz musette il musarde et s'imprègne de toutes les histoires qu'on lui conte. Je ne saurais dire combien de fois j'ai écouté le premier album de son quartet, mais j'ai fini par le connaître par cœur ainsi que tous les suivants. Oskar parle peu, et jamais pour ne rien dire ; la relation qui nous lie s'empreint d'une complicité pudique et d'un profond respect mutuel ; aussi lorsque qu'il m'a invitée à participer à son nouveau projet de création, joignant un trio à cordes au quartet déjà existant, je me suis sentie comme une enfant devant un sapin de noël : émerveillée, pour le moins.

Lui et moi nous côtoyons depuis fort longtemps et nous apprécions beaucoup mais bizarrement, nous n'avons encore jamais réellement travaillé ensemble ; tout au plus, à l'occasion, nous sommes-nous retrouvés côte à côte sur un bout de scène parmi d'autres musiciens, lors d'un bœuf de fin de concert. Nos milieux différents – moi la musique classique « savante », lui les musiques traditionnelles « populaires » – semblent toujours s'opposer alors qu'ils expriment le même langage universel : celui qui fait vibrer les âmes. Est-ce parce que nous partageons certaines lointaines racines celtes ? Infailliblement la musique d'Oskar provoque en moi des sensations proches de la transe et je ne résiste pas à son appel profond.

Isolés le temps d'un week-end dans une maison prêtée, en pleine campagne morbihannaise : c'est dans cet agréable cocon que nous découvrirons en première lecture le nouveau répertoire original composé par Oskar. Nous sommes sept et allons partager chaque minute de ces quelques jours. Dans deux mois, nourris de toutes ces sensations, forts du lien construit pendant notre retraite morbihannaise, nous nous retrouverons en studio pour les séances d'enregistrement : la musique n'en sera que plus vivante.

Autour de la maison s'étendent à perte de vue des champs jaunes et de toutes sortes de verts, bordés par des arbres aux silhouettes bien découpées. Au beau milieu de cette campagne bretonne les lumières sont extraordinaires, et chaque coup d'œil par la fenêtre m'évoque un tableau impressionniste. Mais l'heure n'est pas aux balades car nous avons du travail : pour la première fois les accords de ce nouvel opus vont résonner, dévoilant peu à peu l'ambiance voulue par Oskar. Même s'il affiche un calme en apparence imperturbable – je connais sa pudeur –, je déchiffre tour à tour dans ses magnifiques yeux *glas* les tourments de la pluie et le fracas des vagues : il bout d'impatience ! Les morceaux seront joués dans un ordre bien déterminé, nous explique-t-il. L'œuvre se conçoit comme un ensemble de pièces interprétées selon un plan immuable, un peu comme l'itinéraire balisé d'une promenade. Nous avons reçu les partitions au compte-gouttes, au fur et à mesure qu'il en achevait la composition, jusqu'à la toute dernière à l'aube, *in extremis* : il n'a pas dormi beaucoup dernièrement, c'est certain ! Nous avons découvert ce matin un petit bijou de valse, tout en douceur mélancolique. Mais celui qui emporte déjà ma préférence est un duo funambulesque entre le violon et l'accordéon. De nos doigts devront s'extraire à grande vitesse des rubans de notes. Les lames métalliques de l'accordéon fusionneront dans un parfait unisson avec la touche du violon, exigeant de nous une osmose et une confiance absolues : nous ne devrons pas nous quitter du regard. Le défi est à la hauteur de la transe exultante du morceau. Même si l'heure est encore à la recherche, je le sais déjà : quelle ivresse m'attend, d'autant plus immense que la partie de violon a été composée spécialement pour moi !

Le signal téléphonique se révélant extrêmement mauvais, nous avons décidé de faire contre mauvaise fortune bon cœur et de tirer le meilleur parti de cet isolement supplémentaire imposé : depuis trois jours nous baignons dans une bulle créative et de cette immersion dans la musique d'Oskar, j'imagine déjà les bienfaits pour le disque. Demain nous nous séparerons et il faudra ronger notre frein quelques semaines avant les retrouvailles en studio mais, comme à leur habitude, les sonorités particulières de la musique d'Oskar m'ont déjà envoûtée. Alors que je range mes partitions et rassemble mes affaires, une sonnerie me surprend : mon téléphone semble soudainement décidé à ressusciter et vibre bruyamment sur la commode, à l'endroit précis où je l'avais oublié l'avant-veille. Je parviens à décrocher sans perdre le signal et reconnais la voix de Benjamin mais suis obligée de le faire répéter plusieurs fois. La première, parce que seul un mot sur deux me parvient en raison de la liaison médiocre. Les suivantes, parce que je n'arrive pas à croire ce qu'il me dit.

« … Prêt… ! Ton violon est prêt ! »

Comment est-ce possible ? La dernière fois que nous nous sommes parlé Benjamin prévoyait encore plusieurs jours de travail, une semaine peut-être ! Mon violon est terminé et m'attend à quelques centaines de kilomètres d'ici. Si loin ! Mais passé le premier choc, un calme surprenant m'envahit. Atténuée par la distance l'incroyable nouvelle devient-elle moins réelle ? Voici seulement quelques semaines, assise par terre à côté d'une tasse de *chai* vide, je brûlais d'impatience, littéralement dévorée par ma soif de renouveau. Ce violon je l'ai désiré, attendu sans relâche. Avant de devenir réel il m'a déjà tant manqué que je ne devrais pas tenir en place maintenant qu'il existe ! Mais de la sérénité de ma bulle bretonne je peine à m'extraire. La musique d'Oskar a si bien imprégné mon âme que je me sens complète. Tranquille. Mon violon m'attend, précisément : il m'attendra ! Aujourd'hui, demain, dans six mois, il sera là. J'achève tranquillement de ranger mon matériel et rejoins le reste du groupe. Je veux savourer chaque instant de ce dernier dîner avec Oskar et les autres : sous les étoiles notre ultime soirée se prolonge gentiment, embellie par la promesse du beau disque à venir, contenant à lui seul le *glas* de l'océan, du ciel, et celui des yeux d'Oskar.

Le lendemain je monte à bord du train qui me ramène chez moi et m'abîme totalement dans un roman, ne m'en détachant que de temps à autre pour admirer par la fenêtre les reflets du ciel sur la Loire. J'arrive à Orléans en fin d'après-midi et malgré les congés estivaux la circulation me paraît encore bien dense sur les boulevards ; un peu choquée par ce brutal retour à la civilisation après quelques jours au vert, je file inspecter mon jardin sitôt la porte d'entrée franchie et mes bagages déposés pêle-mêle. La sécheresse a fait bien des dégâts et jusqu'à la nuit, je remplis un arrosoir après l'autre afin de parer au plus pressé. Mon rythme se cale sur le doux glouglou de l'eau s'écoulant généreusement de la cuve et l'atmosphère s'emplit peu à peu de la timide humidité dont je l'abreuve. Dans un soir apaisé je vais enfin me coucher, toutes les fenêtres ouvertes et la musique d'Oskar toujours en tête.

À mon réveil la température n'a pas baissé. Dans la chaleur de plomb de cette matinée d'août je pédale sur le bitume brûlant, me laissant glisser le long des faubourgs et pénètre enfin, ruisselante, dans la pénombre de l'atelier. Le temps pour mes yeux de s'y accoutumer, je constate que la vie ici poursuit son cours paisible et quasi immuable : tandis que Benjamin, Julien et Léo s'affairent joyeusement à préparer verres et tartines, le violon, élégamment allongé pour sa dernière grasse matinée sur l'établi du luthier, s'offre aux regards. Cette vision tant convoitée conjuguée aux effets de la chaleur et de l'éblouissement me propulse dans un état second. Mon esprit s'évapore.

Les voix animées des trois compères se tarissent peu à peu. Je sursaute : c'est à moi de jouer, ils s'impatientent et guettent la première note ! Je m'approche de la table et m'empare du violon. Mes doigts sont gourds, gonflés, je suis encore essoufflée et je préfèrerais être seule pour ce moment. Mais je n'ai pas le cœur de les priver de ces premiers sons, ils les ont attendus autant que moi, davantage peut-être. Alors je m'exécute et c'est malheureusement le terme idoine. Gênée, comme en dehors de mon propre corps, je laisse sans aucune maîtrise mon archet parcourir les cordes, j'égraine quelques notes sans y croire ; une chétive mélodie ascendante s'élève puis s'échoue presque aussitôt lamentablement dans les graves. Il n'y a décidément rien à faire, l'inspiration n'est pas au rendez-vous : pour le récital, on repassera. Je crois que mon esprit me signale clairement son désir de ne découvrir davantage l'instrument qu'au cœur d'un tête-à-tête intimiste. Les quelques notes qui viennent de résonner dans l'atelier nous ont pourtant révélé l'essentiel : non content d'être une merveille esthétique, le son de ce violon est parfaitement prometteur et équilibré. Forte de cette certitude, j'offre de bonne grâce à mes trois amis encore quelques notes toutes neuves. Enfin, je laisse Julien s'emparer de l'instrument avec gourmandise et s'essayer à quelques arpèges cristallins. L'instrument est parfait. Pour l'instant je ne trouve pas d'autre mot alors qu'il mériterait les plus jolis qualificatifs mais sur le moment, le vocabulaire me fait défaut. Julien me rend le violon aussi vite qu'il s'en était saisi, l'heure est à la célébration !

« Pour un violon aussi joli, il fallait un vin léger, presque vaporeux. Je vous présente *Oro verde*, mais oui : l'or vert. Digne, lui aussi : ses vignes ont plus de quatre-vingts ans ! Un cépage ancien, oublié puis remis au goût du jour : l'orbois. Les belles choses ne meurent jamais, elles vont puis elles reviennent. Longue vie à ton violon ! »

Heureusement que Julien est plus inspiré que moi pour rendre hommage au travail exceptionnel de Benjamin ! Après ce toast brillant nous entrechoquons nos verres à cette réussite, la fraîcheur du verre apaisant mes joues brûlantes. L'or vert est délicieux et un très léger goût boisé persiste sous ma langue longtemps après la première gorgée. Exceptionnellement je ne termine pas mon verre : laissant la conversation se poursuivre sans moi je m'éclipse discrètement, saluant à peine les garçons d'un vague signe de la main. Le violon soigneusement emballé, rangé dans un étui trouvé là, je retiens la porte de l'atelier afin qu'elle se ferme en silence et m'empresse de rentrer chez moi : il est temps de faire connaissance avec mon violon.

Les jours suivants je sors peu de chez moi : chaque son, chaque note, chaque concerto s'offrent à moi comme si je ne les avais jamais joués. Toute sonorité est prétexte à de nouvelles sensations. Je m'émerveille de ressortir mes anciennes partitions et dévore inlassablement Beethoven, Lalo, Mozart, Sarasate, Paganini : les notes se présentent comme par magie sous mes doigts. Le violon et moi nous apprivoisons mais avant qu'il soit pleinement et absolument mien, une question prend forme dans mon esprit ; je dois retourner d'urgence chez Benjamin.

« D'où vient-il ? »

Il faut que je sache : brusquement cette question me semble cruciale, la vie de mon violon ne peut commencer dignement sans cela. Mue par une éternelle et universelle quête des origines je désire savoir : d'où, précisément, viennent les bois de mon violon ? Je suis quasiment certaine que Benjamin m'avait livré ces informations lors du choix des planches mais l'intensité du moment a semé le trouble dans ma mémoire : trop de choses étaient en jeu à ce moment-là. À ma demande le luthier réfléchit quelques instants, rassemblant ses souvenirs ; la table vient d'un épicéa des Dolomites, répond-il enfin. Et le fond, d'un érable des Carpates.

Depuis toujours, je suis très mauvaise en géographie. Aussi me faut-il dans un premier temps situer ces deux points sur une carte. L'un en Italie. L'autre en Roumanie. Machinalement, je trace mentalement une ligne entre les deux. En voiture, le trajet de l'un à l'autre, sans s'arrêter un seul instant, prendrait un peu moins de vingt-quatre heures. Une journée, tout simplement.

Mes idées choisissent toujours leur moment pour divaguer ; une journée, c'est tellement peu. Il serait totalement absurde de rouler d'un trait sans reprendre souffle, depuis le départ jusqu'à l'arrivée de ces deux points symboliques. Mais imaginons que ce trajet aléatoire reliant les lignes de vie d'un instrument de musique s'enrichisse d'étapes et devienne le fil conducteur d'un road trip inédit, alors là, l'histoire devient beaucoup plus intéressante ! Retourner sur les lieux de naissance des différentes pièces maîtresses de mon violon et baptiser celles-ci, sous la bénédiction de leurs ancêtres en quelque sorte, l'idée n'est-elle pas séduisante ? En rêvassant, munie d'un crayon rouge je relie sur la carte les croix que j'y ai tracées.

Par chance je partage ma vie avec un homme exceptionnel qui me permet de juxtaposer sur une même toile rêves fous et réalité. C'est ainsi qu'en sa compagnie, plus d'une fois j'ai réalisé certains exploits que j'aurais présumés inaccessibles : partir enregistrer un disque au bout du monde. Écrire des chansons pour une vedette de la téléréalité. Croire en moi. Dès lors que je formule à voix haute mon idée fantaisiste de voyage initiatique pour violon nouveau-né, il s'enthousiasme avec moi et me répond simplement :

« On part quand ? »

XXII – Cartes postales

Dimanche 16 août

Venoy, Yonne

Cher Benjamin,

Nous voilà partis... Première étape : la Bourgogne, et déjà une surprise : j'ai retrouvé aujourd'hui le temps d'un déjeuner mon ami d'enfance Antoine. Un ancien pianiste de jazz devenu... tu ne devineras jamais : vigneron ! Aujourd'hui, il surveillait attentivement le taux de sucre dans des grappes rendues brûlantes par le soleil. Il envisage de commencer les vendanges d'ici quelques jours, une semaine maximum. Comme tu peux t'en douter on a partagé quelques bons crus, notamment un excellent chablis. Maintenant, en route pour l'Italie ! Avanti *!*

Mardi 18 août

San Martino di Castrozza, Trentin (Italie)

Bien arrivés sur les terres d'origine de la table du violon... Dans le parc naturel du Paneveggio ! Ici, tout est sublime. Hier nous avons randonné, moi avec le violon sur mon dos, jusqu'à un torrent qui serpentait entre les épicéas. Alors j'ai sorti le violon de son étui et j'ai joué : qu'il était beau, tout éclairé de lumière d'or, à près de deux-mille mètres d'altitude ! Je l'ai laissé chanter quelques minutes sous les vieux épicéas : ses frères ! En ouvrant les yeux, je me suis aperçue qu'un petit attroupement s'était formé en contrebas, et les « brava » entendus me laissent croire que le son de mon instrument a charmé quelques oreilles. Bravo donc, à toi aussi, qui l'as fait si beau.

Jeudi 20 août

Venise, Vénétie (Italie)

Impossible de passer si près de la Sérénissime sans faire le détour ! L'esprit de Vivaldi nous a accompagnés tout du long : assis au bord de l'eau sur l'île de Giudecca, on a admiré la vue sublime sur Venise. Juste en face de nous, Santa Maria della Pietà dont le prêtre roux fut directeur artistique. Je ne me lasse jamais de Venise. J'espère que vous n'avez pas trop chaud à Orléans. Ici, on étouffe un peu. Demain au programme, la traversée de la Slovénie !

Samedi 22 août

Petőfiszállás, Grande Plaine méridionale (Hongrie)

Excellente surprise : les vignes nous accompagnent partout sur notre itinéraire ! On vient de parcourir la région du Frioul. En Slovénie, les vertes collines sont garnies de clochers bleus, roses ou jaunes : une vraie image d'Épinal, c'était très rafraîchissant ! Enfin, nous sommes entrés sur le territoire hongrois. On a roulé toujours plus vers l'est, presque jusqu'à la frontière roumaine. Pour tous les deux, c'est la première fois qu'on venait dans ce coin du globe. Nous avons pris notre temps et n'aurons pas le loisir d'atteindre les Carpates roumaines pour y trouver des érables mais bonne nouvelle : quatre pour cent du territoire des Carpates se trouve en Hongrie, le savais-tu ? Nos

Carpates seront donc hongroises ! Je croise les doigts pour y trouver des érables...

Dimanche 23 août

Kékestető, monts Mátra, Hongrie septentrionale

1014 mètres : mon violon a joué ce matin sur le toit de la Hongrie ! Dans ces collines, les randonneurs sont plus souvent équipés de sacs à dos que d'étuis à violon, alors forcément ma boîte a attiré l'œil du musicien qui jouait au sommet pour les touristes. Il a fait une pause pour venir parler avec nous. Notre seule langue commune était l'allemand. Il nous a expliqué le fonctionnement de l'instrument traditionnel dont il jouait, une sorte de clarinette nommée tárogató. Une petite conversation très agréable ! Puis je me suis un peu éloignée pour trouver le plus bel érable alentour. J'ai joué quelques notes sous ses branches, répondant à notre ami musicien au loin. L'endroit était assez fréquenté, et la magie ne fut pas aussi forte que dans les Dolomites il y a quelques jours. Mais on peut considérer désormais que le trajet entre la table et le fond de mon violon est bouclé, depuis les épicéas des Dolomites jusqu'aux érables des Carpates... Pour autant, notre route n'est pas finie pour que le baptême soit complet !

Lundi 24 août

Budapest, Hongrie centrale

Tu connais Budapest ? Je suis sous le charme. Si Crémone est la capitale italienne du violon, Budapest en est le royaume hongrois. Le violon n'y est pas fabriqué certes, mais il y règne en maître ! Partout il s'expose, sur les terrasses il flamboie... au bord du Danube, on a assisté à une drôle de scène : un petit violoniste de neuf ou dix ans, attablé en terrasse avec sa famille, a sorti spontanément un étui à violon de sous la table. Et hop, il est allé se joindre sans hésiter au groupe de musiciens professionnels qui se promènent entre les tables et éblouissent les dîneurs avec leurs sérénades aux accents tziganes. Il était haut comme trois pommes ce petit garçon, mais, avec déjà un phrasé et une sensibilité incroyables : il a été très applaudi. Quelle ville ensorcelante. Je ne l'ai pas encore quittée que je n'attends qu'une seule chose : y revenir, le plus tôt possible !

Jeudi 27 août

Crémone, Lombardie (Italie)

On dit que tous les chemins mènent à Rome. Une chose est sûre, pour les violonistes, tous les chemins partent de Crémone ! Notre voyage se devait de passer par ici : quelle ville chargée de petites et de grandes histoires autour de la lutherie ! Tu le sais, tu la connais bien toi aussi. Je me demandais depuis quel lieu symbolique je pourrais bien faire sonner un peu mon violon ici, c'est Stéphane qui a trouvé l'endroit idéal : je n'étais encore jamais montée en haut de cette tour de 112 mètres qui s'élève aux côtés de la cathédrale. Depuis le sommet, quelques accords de Bach se sont échappés cet après-midi... je crois bien qu'on m'a entendue jusqu'à la Piazza del Comune, tout en bas ! Pas facile d'ailleurs, j'ai eu un peu le vertige. Mais le moment en valait la peine et maintenant, je crois que mon violon est complètement baptisé ! On prendra bientôt la route du retour, je passerai te voir à l'atelier la semaine prochaine. Ciao *!*

Quatre-mille-sept-cent-trente-deux kilomètres. Quatre-mille-sept-cent-trente-deux kilomètres sans allumer une seule fois la radio. Quand nos conversations s'éteignaient, seuls nos silences emplissaient l'habitacle. Quatre-mille-sept-cent-trente-deux kilomètres de paysages étonnants, suivant incorrigiblement et sans l'avoir prémédité une route des vins affolante, depuis l'affriolant Frioul jusqu'à l'égrillard sang de taureau d'Eger.

J'avais rêvé de murmurer à l'oreille des épicéas des Dolomites à deux-mille mètres d'altitude, puis d'aller enchanter les érables des Carpates. J'avais imaginé rouler toujours plus à l'est, jusqu'à ce qu'il nous soit impossible de continuer. Nous avons réalisé tout cela puis enfin sur le chemin qui nous ramenait, la ville où tout commença jadis m'a attirée à elle : gravissant marche après marche jusqu'au sommet d'une étroite tour, j'ai présenté mon violon aux âmes sacrées des maîtres luthiers éternels.

Prétexte saisi à la volée pour une violoniste avide de sensations ? Escapade impromptue hors des chemins rebattus ? Peut-être un peu des deux, le voyage de mon merveilleux instrument cousu main par le magicien Benjamin fut de toute évidence la bouffée d'oxygène nécessaire pour continuer de créer, d'inventer, d'exister. Mon violon et moi sommes plus prêts que jamais à débuter notre histoire.

Épilogue

Septembre 2020, Orléans (France)

Elle est si fine. Légère comme une plume. Droite et élancée, elle se tient élégamment à sa place pour accueillir les ondes mouvantes et colorées qui s'abandonnent à elle. Gracieuse et attentive, elle vibre de toute son essence. Ce moment de gloire elle l'a attendu ; on l'y a préparée. Tant de choses dépendent d'elle aujourd'hui : les émotions, la joie, la tristesse. La fougue. La vie. Elle doit rester bien stable. Si elle bouge – ne serait-ce que d'un demi-millimètre –, tout s'en trouvera bouleversé. On lui a fait confiance, à elle seulement. Elle joue ici le rôle le plus important qui puisse être donné. Le violon n'était guère qu'une caisse vide mais depuis qu'on l'a soigneusement glissée là, tout a changé. Grâce à elle, l'instrument s'est éveillé. Il est le noir, elle est le blanc. Il est l'eau, elle est le vent. Il est le corps, elle est l'âme.

Dans la lumière matinale de l'automne précoce, le violon est étendu dans sa boîte ouverte. Sa table jaune orangé chatoie sous les rayons d'un soleil devenu plus doux récemment. Sur la volute magnifique s'épanouit un délicat motif floral : une rose solitaire d'un côté, une grappe de jasmin luxuriant de l'autre. L'instrument vibre encore des dernières notes du mouvement Grave *de la* Deuxième sonate *de Bach à peine achevé. Lui-même n'est pas encore tout à fait habitué aux sons qu'il peut produire. Il balbutie, il s'essaie. À peine né et sorti des mains de son créateur, on l'a embarqué dans un voyage étonnant. Ses premières notes ont résonné entre différentes montagnes, parmi plusieurs familles de grands arbres. Bien qu'il ne fût avant cela jamais sorti de l'échoppe, ces forêts lui ont semblé familières.*

Était-ce dû aux agréables caresses du vent léger ? À un prodige de la mémoire ancestrale des arbres ? Il lui a semblé que pour mieux percevoir la mélodie qui s'échappait de ses ouïes, les plus anciens ont incliné leurs faîtes vers son âme, formant sous cette voûte improvisée un somptueux auditorium naturel. Les arbres ont fait silence, ils ont reconnu leur frère. Ils ont composé pour lui un premier auditoire attentif et majestueux.

Désormais le voici de retour, dans son nouveau foyer. Il en est très peu sorti encore mais il a le temps : une quasi-éternité s'offre à lui, et il devine que les humains ne pourront jamais se passer bien longtemps de fantaisie et de musique.

Il se sent bienvenu dans cette maison, curieux des répertoires dont sa première interprète le nourrira. Il aime jouer au contact de la musicienne. Il ressent pour chaque pièce entamée sa curiosité et son appétit ; elle le teste, il peut presque entendre ses questions : jusqu'où le faire rugir dans ce rubato *? Et comment les harmoniques de cette pièce orchestrale éclateront-ils ? Jusqu'à présent il ne l'a pas déçue, elle semble enchantée. Il savoure la joie qu'il lui procure et s'emplit de la confiance qu'elle lui accorde un peu plus chaque jour. Ainsi se nourrit l'âme de l'instrument dont la personnalité se révèle peu à peu. Après la première violoniste d'autres viendront : si l'on prend soin de lui, il jouera pendant des siècles. Certaines musiques jailliront de lui, qui n'ont même pas encore été écrites.*

Alors, ce matin, dans la chambre où s'étirent encore paresseusement les échos de la musique de Bach, il patiente. Tel une diva sublime dans sa robe de soleil, il sait que son heure viendra.

Les violons sont vivants. Le bois du violon est comme le vin. Il travaille lentement et il aime sentir la tension des cordes ; il s'enrichit quand on le fait sonner, il aime vivre à une température agréable, pouvoir respirer, ne pas recevoir de coups, être toujours propre... Ne l'enfermez que si vous partez en voyage.

Jaume Cabré

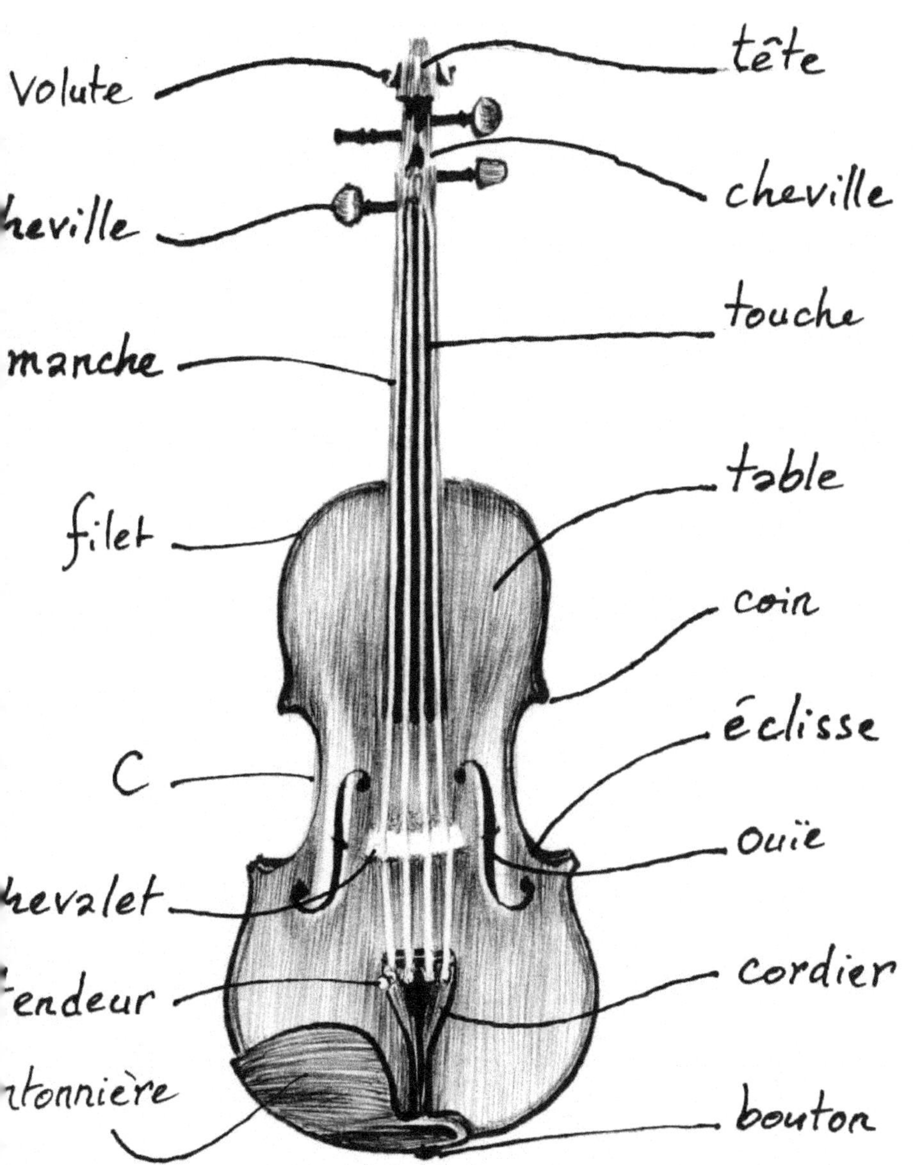

Volute
tête
cheville
heville
touche
manche
table
filet
coin
éclisse
C
ouïe
hevalet
cordier
endeur
bouton
tonnière

Bande-son :

* Ludwig van Beethoven (1770-1827), *Symphonie n° 3 « Héroïque »*
* Maurice Ravel (1875-1937), *L'Enfant et les Sortilèges*
* Maurice Ravel (1875-1937), *Alborada del gracioso*
* Arthur Honegger (1892-1955), *Jeanne au bûcher*
* Antonio Vivaldi (1678-1741), *Les Quatre Saisons*
* Wolfgang Amadeus Mozart (1756-1791), *Concerto pour violon n° 5 en la majeur KV 219*
* Edvard Grieg (1843-1907), *Quatuor à cordes en sol mineur op. 27*
* Edvard Grieg (1843-1907), *Suite Holberg op. 40*
* Dmitri Chostakovitch (1906-1975), les quinze quatuors à cordes
* Franz Schubert (1797-1828), *Quatuor à cordes en ré mineur D. 810 « Der Tod und das Mädchen »* (*La Jeune Fille et la Mort*)
* Johannes Brahms (1833-1897), *Quatuor à cordes en ut mineur op. 51 n° 1*
* Charles Gounod (1818-1893), *Faust*
* Chanson carnatique indienne *Sri Gananatha*
* La Tordue, *La Rose et le Réséda*
* Giuseppe Verdi (1813-1901), *La traviata*
* Jacques Brel (1929-1978), *De nuttelozen van de nacht*
* Philip Glass (1937), *Itaipu*
* DJ Zebra et Monty, *Joey Star Wars*
* Serge Gainsbourg (1928-1991), *Initials B.B.*
* Pierre Barouh (1934-2016), *L'Allégresse*
* Régis Huiban (1974), *Le Train Birinik*
* Johann Sebastian Bach (1685-1750), *Sonate pour violon seul n° 2 BWV 1003*
* Christophe (1945-2020), *Les Mots bleus*
* Leonard Bernstein (1918-1990), *Mass*
* Collectif à Contresens, *No Parking*

* Lambarena, *Bach to Africa*
* Camille (1978), *Ouï*

Bibliographie :

* Victor Hugo (1802-1885), *Les Contemplations*
* Cabré (1947), *Confiteor*
* Virginia Woolf (1882-1941), *Nuit et jour*
* Virginia Woolf (1882-1941), *Une chambre à soi*
* Luis Sepúlveda (1949-2020), *Dernières nouvelles du Sud*
* Louis Aragon (1897-1982), *Elsa*
* Louis Aragon (1897-1982), *La Rose et le Réséda*
* Gaston Couté (1880-1911), *Sur le pressoir*
* Pierre de Ronsard (1524-1585), *Mignonne, allons voir si la rose*
* Charles Baudelaire (1821-1867), *Enivrez-vous*
* Émile Zola (1840-1902), *Au bonheur des dames*
* Paul Éluard (1895-1952), *Médieuses*
* Pierre Barouh (1934-2013), *Les Rivières souterraines*
* Pierre Barouh (1934-2013), *La vie est l'art des rencontres*

Merci infiniment à mes partenaires musicaux de toujours : les musiciennes et musiciens du Quatuor Horizon, de la Fabrique Opéra, de l'Orchestre Inattendu, de l'Orchestre Symphonique d'Orléans.

Merci à Philippe Aïche,

À mes professeurs : Christophe Bianco et Gilles Henry,

Aux luthiers inestimables : Benjamin Paule, Bruno Dreux, Jacky Gonthier, Denis Caban,

À l'archetier Léo Pastureau,

À mes chers maîtres, quel que soit l'endroit d'où ils nous regardent : Pierre-Alain Biget et Jean-Marc Cochereau.

Merci aux poétesses et poètes les Vignes de Yavanna, Maison AdVinam, Alexandre Bain, Nicolas Carmarans, le Chai Amandine & Quentin.

Merci à Benoît Perea pour ses éclairages sur le vin vivant.

Merci à Arnaud Roi, ma bonne étoile.

Merci à Stanislas Gros pour l'illustration.

Merci à Maria Ciszewska pour la photographie de couverture et pour tant d'autres choses.

Merci à Angèle pour l'ultime relecture.

Merci à Nuaje, Kristell, Laure, Anne-Laure, Régis, Stéphane, Salih, Pauline, Julien, Guillaume, Frédéric, Anne, Bénédicte, Maud, Violette, Michèle, Bernard, Lila et à toutes les autres paillettes de mon quotidien.

Table des matières

Structures éditoriales du groupe L'Harmattan

L'Harmattan Italie
Via degli Artisti, 15
10124 Torino
harmattan.italia@gmail.com

L'Harmattan Hongrie
Kossuth l. u. 14-16.
1053 Budapest
harmattan@harmattan.hu

L'Harmattan Sénégal
10 VDN en face Mermoz
BP 45034 Dakar-Fann
senharmattan@gmail.com

L'Harmattan Cameroun
TSINGA/FECAFOOT
BP 11486 Yaoundé
inkoukam@gmail.com

L'Harmattan Burkina Faso
Achille Somé – tengnule@hotmail.fr

L'Harmattan Guinée
Almamya, rue KA 028 OKB Agency
BP 3470 Conakry
harmattanguinee@yahoo.fr

L'Harmattan RDC
185, avenue Nyangwe
Commune de Lingwala – Kinshasa
matangilamusadila@yahoo.fr

L'Harmattan Congo
219, avenue Nelson Mandela
BP 2874 Brazzaville
harmattan.congo@yahoo.fr

L'Harmattan Mali
ACI 2000 - Immeuble Mgr Jean Marie Cisse
Bureau 10
BP 145 Bamako-Mali
mali@harmattan.fr

L'Harmattan Togo
Djidjole – Lomé
Maison Amela
face EPP BATOME
ddamela@aol.com

L'Harmattan Côte d'Ivoire
Résidence Karl – Cité des Arts
Abidjan-Cocody
03 BP 1588 Abidjan
espace_harmattan.ci@hotmail.fr

Nos librairies en France

Librairie internationale
16, rue des Écoles
75005 Paris
librairie.internationale@harmattan.fr
01 40 46 79 11
www.librairieharmattan.com

Librairie des savoirs
21, rue des Écoles
75005 Paris
librairie.sh@harmattan.fr
01 46 34 13 71
www.librairieharmattansh.com

Librairie Le Lucernaire
53, rue Notre-Dame-des-Champs
75006 Paris
librairie@lucernaire.fr
01 42 22 67 13

www.ingramcontent.com/pod-product-compliance
Lightning Source LLC
LaVergne TN
LVHW021947220826
846091LV00015B/4118